そらあおぐ

岡田清隆

鳥影社

そらあおぐ乙女たち

そらあおぐ　目次

第一話　美夜古にて　3
第二話　東京にて　45
第三話　そらあおぐ　77
美夜古伝説『豊房とトミ』
三刻一夜物語　109
ときあるき　〜あとがきにかえて〜　128

第一話
美夜古《みやこ》にて

痛かった。川原の花弁が血染めに映りました。流血沙汰じゃありませんよ。彼岸花です。傷心の比喩です。それというのも心の小箱が開かれ、大切な愛の記憶を小説にされてしまったのです。なんの断りもなく、作者の勘違いもそのままに噂と憶測で書かれ発表されたのでした。遠い昔が蘇りましてね。こんなに痛いのは久しぶり。

するとね、こんなふうに提案されました。

「パンドラの匣が開いて中身が四散しても片隅に希望が残るそうです。だったらその断片を拾い集めて言葉にしてみませんか。お詫びにお手伝いさせていただきます」

泣き暮すよりは得策と観念いたしました。お話させていただきます。

大事は決まって彼岸の頃。記憶は絵となって彼岸花とともに刻まれています。彼岸花の根には毒がありまして薬にもなります。ですから呼び名は天上の花・曼珠沙華とも地獄花ともいわれます。それに花と葉は決して出逢えないから夏水仙と同じように相思華とも。対《つい》が垣間見えて奥深いですね。

花言葉も同様です。「悲しい思い出」「再会」「転生」「思うはあなたひとり」。愛と不吉が共存しますから贈り物の花束には不向きです。なのに……。

ああ、ごめんなさい。この愚痴は最後にいたしましょう。

それではしばらくお付き合いください。

たまさかに　我が見し人を　如何ならむ
　　縁をもちてか　また一目見む
柿本人麻呂

（偶然見かけたあの人と、もう一度めぐり逢うには、どんなきっかけがいるのだろう。どんな運命が必要なのだろう）

時は昭和。引きこもり気味な女子。海も山もある福岡県行橋市に在住。

「末っ子は我がままね、すぐいじけちゃうし」と姉たちが言う。

はたして末っ子は我がままか。

両親やふたりの姉たちを見ていてつくづく思う。どうしてあんなに要領が悪いのか。ケンカばかりだ。傘の下に隠れていれば心地がいいし都合がいいのに。我がままというよりも甘え上手とか、人知れず思慮深いとか、姉ならそういう言い方ができないものか。

次に、はたして末っ子はいじけているか。これはちょっと説明が長くなる。

家族五人、平穏に暮らしている。難はご近所、世間の声。普通であれば問題はない。良し悪しに関わらず少しでも外れると即刻、噂のネタになる。私たち姉妹もそうだ。三人とも父親似で細身。メラニン色素が足りず色白。めずらしい姓、御子神《みこがみ》も相まって幼い頃から『となりの三女神』なんて言われた。私が高校生になると長女・ミワをミコ（本当に巫女職についたから）、次女・ミカをコマチ（しっかり者で恋愛上手だから）、三女・私、ミサをヒメ（ふわふわしてなにもしないから）と呼んだ。姉たちはどこ吹く風だったが私は気になった。さらに父親ゆずりの細い髪が抜け落ちる心配も重なった。確かにいじけていた。認めるけれど、思春期の妹を気遣うのが姉じゃないのか。

彼岸花の咲く頃、父に座敷に呼ばれ初めて面と向かって説教された。

「心配で夜も眠れん。辛抱なららん。叔母さんの処へ行ってきなさい。

高校一年生にもなって、いつもボケみたいに空を眺めて、姉たちの陰に隠れて、ろくに家の手伝いもせん。おまけに美夜古祭の玉姫役も断ってしまってミワに譲ったそうじゃないか。情けない。アホか。名誉なことなんに。このままでは一生、金魚のフン。しゃんとせえ。だいたいおまえは」

以降も興奮してなにやら酷い言葉を連打して最後にこうつけ加えた。

「御子神家の女性ともあろう者が、そんなフニャチンでどうする。ちったぁ自覚を持ちなさい。

東京で身も心も本当の女になってきなさい」

するとあまりの暴言に台所にいた母が珍しく父に注意した。

「そういう話じゃないでしょう。下品ですよ。女になれとかフニャチンとか」

そういう話でもない。ともかく滅多に興奮しない父と母が我を忘れた。後にも先にもない事態。ビリッと電気が走る感じ。母がやって来てちょこんと座った。

「ヨシコ叔母さんが来なさいって。逢いたいんだって。都内のマンションに越したらしいよ。行っておいで、ひとりでね」

十五歳になるまで正真正銘の箱入り状態。交通機関を使ってひとり外出の経験なし。誰かといっしょじゃないと電車に乗れない。ということで東京行き、即刻決定。授業を休み秋分の日、土日を加え、一週間の上京となった。

決行前日。下校時には晴れて夕の黄金に染まる今川橋。川原に際立つ紅白の彼岸花。なんとも神々しい光景。期待と不安で潰れそうな記憶とともに鮮明に残っている。

「花の大都会見物が試練だって。贅沢者。本物のヒメ待遇ね」と妬む姉ふたり。

とは言いながら新幹線ホームまで見送りに来てくれた長女のミワ。市内の八幡神社の巫女をしているだけあって、別れの一言がこれ。

「キチトナル（吉となる）」

新幹線の席に座った途端、大胆にも名古屋まで眠りこけた。

品川駅で下車、山手線に乗り換え池袋駅から東武東上線で大山駅まで。ひとりにしては驚くほど順調。踏切を渡り商店街を抜けると似たようなマンションばかり。案の定、迷った。右往左往していると聞き覚えのある懐かしい声がした。ヨシコ叔母さんだ。

「ちゃんと着いたわね。ようこそ。あれ泣いているの」

単独行動の緊張が緩んで涙になって深いため息。叔母さんが天使に見えた。

到着早々、新しい真っ白なジャージ、スニーカー、キャップに着替えさせられた。叔母さんもインディゴブルーのジャージになった。

「朝これで商店街ランニング。いいわね。明日から修行よ。

ひとり散策しなさい。渋谷に原宿、新宿、池袋、横浜、浅草くらいかな。オススメのお店、行っちゃいけない場所は教える。分からないことは店員さんか交番で聞く。ランチはちゃんとオーダーする。門限六時。夜はその日なにがあったか、成果報告する。以上」

修行と聞いていたのになんのことはない。「ひとりで東京見物しろ」と言っているのだ。

それは苦手……な訳がない。知らない街、それも大都会。不安よりも悦びの方が勝る。

夜、叔母さん手作りのカルボナーラと鶏肉やチーズ入りのサラダ、玉ねぎの味噌汁を頂きながら、高揚して饒舌になっている私に叔母さんは苦笑い。

「明日から不安じゃないの。嫌なんて思わないの。そんなに楽しみなのね。少し拍子抜け。普通だね。人見知りで臆病すぎるって聞いたけど」

「だって誰も知らないもの。気を使わなくていいもの」

　二日目は大胆だった。早朝、叔母さんと走りながら道行く人に挨拶。ひとり散策では池袋の交番で道を尋ね、横浜の公園でスキップ、中華街で食べ歩き、原宿のキディランドで二時間もウィンドウショッピング。「モデルになりませんか」「お茶しない」と声をかけられて笑顔で手を振った。


　三日目の朝。ひとりでランニング。マンションを出ると空気が湿っていた。薄青に浮かぶ雲がオレンジ色に焼けていた。こんな日は田舎だと四方の地平線が美しい。天上から水色、白とだんだん色彩が抜けてまた暖色に霞《かす》むまで微妙な黄色、緑色や紫色が見える。想像していると驚いたことに空に尾を引く明かり。火片《かへん》が降り注ぎ、ひとつ街に落ちた。そこへ向かった。あのマンション辺りだ。目星をつけて駐車場横の小路を抜けようとした。境に段差があると気づかず足を引っかけ、宙を舞った。突然すぎて声も出ない。なにかに体当りして崩れ落ちた。痛みも衝撃もなかった。

　温もりを下にして仰向けに倒れた。誰かの上にいる。煎れたての珈琲の香りが心地よい。下になった人に優しく包まれて起こされた。おそらく居合わせてクッションになってくれたのだ。

さぞ痛かったろう。背を向けたままだから振り返った。

近すぎるので少し後ずさり、「ごめんなさい」と見上げた。

胸がカッと燃えた。青年だ。立ち尽くしたまま一歩も動けない。その人は微笑みを残して去っていく。見えなくなるまで眼が離せなかった。


帰り道は雲の上を走るようだった。

支度をしてひとり散策へ出かけようとすると叔母さんが手の甲で額に触れた。

「熱はないけど気分が悪くなったら早めに帰って来なさい。様子が変よ」

その日は四時前に帰宅した。報告は幼い頃、姉たちと遊んだ映画のロケ地、渋谷の神保町にある広場を探したけど記憶が曖昧でたどり着けなかったこと。パルコ通りがキラキラして楽しかったこと。駅前でエッグサンドを食べて早々に大山に帰って商店街を散策したこと。彼との出来ごとは言えなかった。


四日目の朝。当然のように彼と逢った小路をわざわざ走った。するといた。昨日の場所で軽く会釈してくれた。

ひとり散策は予定していた新宿で本屋に入り浸り、ほとんどの時間、様々な本の背文字をぼんやり眺めて過ごした。朝の余韻に浸った。曖昧な報告を叔母は笑顔で聞いてくれた。

五日目の朝は雨。もちろん走った。彼はちゃんとそこにいて笑顔をくれた。予定の池袋散策はほとんどの時間を旧作映画専門の名画座で過ごした。恋愛ものを観たけれど内容なんて入ってこない。断片の記憶があるだけだ。後は夢の中。どこを歩いたのか忘れた。


六日目、一睡もできずに朝を迎えた。いるだろうか。声をかけるなら今日しかない。

「明日九州へ帰る」と伝えたい。

彼は律儀にいつもの場所にいた。正面に立った。高鳴る鼓動がおさまらない。深呼吸する。煎れたての珈琲の香りがした。匂いに浸っていると声が聞こえた。

「明日、午前十時、明治神宮、大鳥居」

「はい」と返事した。身体が風に乗った。嬉しくて涙が溢れた。

その日の散策は明治神宮入口鳥居前の原宿駅から東京駅の新幹線乗り場まで電車を往復。明日のシミュレーションを入念に行った。

『帰りの新幹線、東京発は一時半。原宿駅からなら三十分前に山手線に乗ればいい。朝十時だったら四時間はいっしょに過ごせる』

昼過ぎにはマンションへ帰って帰宅用意。夕方は食事の用意も手伝い叔母さんに報告。するとほっこりして。

「顔に描いてある。心配したけどすぐに分かった。惚れたでしょう。それ、ときめき。上出来。報告も浮ついて、火照って頬が紅色して。いいね。伝染するのよ、純真って。いつでもいいから話したくなったら話しなさいね。電話でも手紙でも。それともまた来る？　そうしなさいよ。君のこと大好きになった。叔母さんね、まだ旦那とは別れていないの。田舎で民宿やりたいなんてバカ言うからさ。でも君のせいで、やってみようか、なんてね。来週にでも逢ってみるわ」

七日目の朝は心臓が高鳴ってどうにも走れなかった。白いジャージは洗濯、すでにトランクの中。叔母さんは別れ際、満面の笑みと涙で私を力いっぱい抱きしめた。

午前九時前には原宿駅に到着。荷物をロッカーに押し込んで揚々と鳥居の前で彼を待つ。

結論から言うとその日、彼には逢えなかった。代々木側にも鳥居があると気づいてＪＲの線路沿いの細い参道を走った。左にレストラン、休憩所、展示場があって大きな会館もふたつ、広い駐車場を過ぎるともうひとつの鳥居があった。両方の鳥居を数回、行き来した。十一時になっても十二時になっても姿を見せない。昼が過ぎ夕になっても待った。諦めて東京駅へ向かったのは午後八時。指定席券で下りホームの新幹線自由席に飛び乗った。終点が大阪、待合室の隅で夜明けを待った。たっぷり泣いて翌朝の新幹線で帰郷。

事故か病気か、どうして来なかったのか、ただただ彼のことが心配で胸が張り裂けそうだった。でも誰にも言えない。

「東京はどうだった？」と問われれば散策の話をした。

ふたりの姉は夢見がちな私と違って、快活で弁も立ち現実的だ。東京帰りの私は以前よりも増して姉たちにも従順で、相変わらず陰に隠れた。喜怒哀楽の表現も希薄なまま。

でもなぜか、東京から帰ってからは、見飽きるほど眺めていた空をほとんど見上げなくなった。それもあってか、ボケ三女と噂していた街の声は変わった。不可解に高評価になった。知的とか、奥ゆかしいとか、気品があるとか。叶わなかった哀しみにとらわれていただけなのに。

夏の終わり、年の暮れには十七歳。東京散策から二年過ぎて珈琲の香りを穏やかな気持ちで楽しめるようになった。

そんなとき同じ美術部員だけど話したこともない山瀬さんが突然、やって来た。

「サッカー部の毛利君をどう思う。正直に答えて」と質問された。

彼は学年のアイドルで人気者。でも「興味ない」と伝えるとそのまま帰ってしまった。泣き濡れた瞳が気にかかった。すぐに姉たちの缶珈琲をふたつ手にして後を追った。

処々に彼岸花が鮮やかな今川の堤に彼女を誘った。聞けば毛利君に好意を寄せていて告白すると「好きな人がいる」と断られた。彼の意中の人は私、だそうだ。

「人の心なんて思い通りにならないね」と告げると、

「御子神さん。好きな人、いるの？」と問われた。

「二年前まで珈琲、無理だったの。でも好きになろうと努力した。始めは缶珈琲、次はミルク抜き、それから砂糖もカットして今はストレートも大丈夫。ある人に出逢ってね。珈琲の香りがした。でも初デート、すっぽかされちゃった。それっきり」

「まだ好きなんだね」と言われ頬が火照った。

「バカみたいだね。だって恋も始まってないのに」

山瀬さんはうつむいたまま「私も」と囁いた。


帰宅すると、姉たちが母と騒いでいた。きっと缶珈琲消失のせいだと謝った。

「そんなのいいから、ちょっと来なさいよ」と三人そろって手招き。

「こっちに越して来るって、東京のヨシコ叔母さん」と次女。

「それも去年閉館した旅館、東風荘をそのまま買って夫婦でやるって。私らが横浜からこちらに越したのと同じに別居してヨシコさんだけ大山に移ったのよね。それが夫婦で旅館経営だなんて。それもこんな九州の田舎で。どうして」と長女。

普段になく興奮した母が姉たちを黙らせて言った。

「教えてあげようか。きっかけはミサの一週間滞在だってよ。あれから残りの人生、旦那の夢を叶えてもいいか、なんて殊勝なこと思ったそうよ。なにがあったの、ミサ。影響力あるね。きっと父さん、悦ぶよ。あっちの夫婦とは仲良しだもの」

年の暮れにヨシコ叔母さんは夫婦揃って越してきた。それからというもの、私はことあるごとに東風荘へおじゃました。唯一の饒舌になれる場所になった。

サッカー部の毛利君からのデートの誘いを断っていること、彼に片思いをしている山瀬さんのこと、噂が辛いこと、人間関係にナーバスになっていること、六歳で行橋に来て空に走る明かりを見ること、ヨシコ叔母さんには素直に告白した。

でも珈琲の香りの彼については哀しすぎて言葉にしなかった。

松本清張氏の小説『鷗外の婢』が単行本となったのはこの頃だ。和名抄に美夜古と記された豊国（九州北部の周防灘沿い）の行橋市周辺を舞台に古代史絡みの事件が起きる作品だ。古代九州王朝説ブームに火がついた。静かな田舎に来訪者の足音が響き、その受け皿として東風荘も評判となった。礼法師範のヨシコ叔母さんは文筆家としても活躍していたので九州に出張の編集者、芸能関係者、学者たちはわざわざここまで宿泊にやってきた。中でも古代史研究家の大御所、大井和先生は一番の常連だ。

ある晩、御子神という苗字について初めて先生の講義を聞かされた。

「今日では千葉県南部の御子神村がルーツといわれているけれど元は奈良県の大和の橘氏でね。それは飛鳥時代の皇室と関わる県犬養氏《あがたのいぬかい》のこと。大和といえばこの美夜古を中心とする豊国ぬきに語れない。御子神は母子神信仰の童子と関連していて古代ヤハタの神、隣接の田川郡香春岳《かわらだけ》がルーツ。この美夜古に暮らした秦氏と接点がある。

御子神ヨシコさんも御子神本家の三姉妹の長女、ミワさん同様、巫女力があるかもしれないよ。男系御子神家の女子にはなにかしらの説明できない力が宿る。

三女のミサちゃん、君は暗雲に明かりを見るそうだね。通常は不知火だが豊国では龍灯と呼ばれている。かつては目撃者も多かった。それを今、確実に見ているのは君だ。


京都郡に西暦七三四年から海の女神、豊玉姫が祭祀されている。

姫の聖地が下関の豊浦の宮から北九州、下曾根、苅田《かんだ》、行橋《ゆくはし》と周防《すおう》の海沿いにある。要《かなめ》は京都郡、普智山の青龍窟。ここに祀られる姫には龍灯伝説が濃厚に付随していてね。姫の御子ウガヤフキアエズノミコトを祭神とする苅田町の宇原神社に龍灯の松が残っている。伝説では龍灯は青龍窟より周防灘へ出で、また海から窟へ戻るといわれる。

和名抄に美夜古と記された京都郡や田川郡、仲津郡の巫女は特別なんだ。雄略天皇の病を鎮めた豊国奇巫《とよくにのくしきかんなぎ》の原郷地。薬草以外にも石灰岩を原材料とする龍骨、石灰岩・カルシウムを処方していた。奇は『奇しい』という意味と、『奇すし』。いわゆる薬の語源とも言われる。神代にはヒメヒコ制というものがあってね。男女の共立的統治の志向があった。記紀伝承は男子の天皇の単立的統治を正当にしているが、我が国は古代から女性の神秘なる力を重んじていた。京都郡の西方にある田川郡の香春岳は八幡神の原郷であり元は母子信仰。神官は鍛冶職を司《つかさど》る名家で、女性が誕生すれば巫女となる。

御子と巫女。母子信仰。ここでは太子、童子が大切にされた。御子神だよ」

ヨシコ叔母さんも私も正直、チンプンカンプン、思わず大あくび。気づいた先生、コホンと咳払い。気まずい雰囲気に居眠り状態の叔母さんを揺り起こし先生に笑んだ。

「聞いていますよ。それでその、簡単に結論をお願いします。夜も遅いし」

「すまん。もう少し聞いてくれ。だから君たちは女神、豊玉姫の魂を宿すと言いたい。御子神家は分家して横浜にいたが元々の先祖の地であるここへ舞い戻った。

古代、秦氏族も安住の地を求めて魂に刻まれた記憶をたどり、紀元前と三世紀の欽明朝に大陸からこの地にやって来た。珍しい御子神姓は古代八幡神と密接に関わっていて、かつての辛島氏、島津氏、赤染氏と同じ秦氏系の一派と考えられる。

秦氏は人種に関わらない同じ思想を持つ民の集合体だった。古代は大陸との交流も盛んで海洋の行き来が当たり前。国の境も曖昧だった。海神といわれている豊玉姫の父親は隼人族を束ね、周辺の海を支配したリーダーが原型だ。その娘、豊玉姫はエキゾチックで恐ろしいほどの美人だったという。妹の玉依姫も同じく美形でウガヤフキアエズノミコトと結婚して神武天皇を産む。神話と京都郡の関わりは深い。それに御子神家の美人姉妹と同様に岡田真水名誉教授のように三姉妹説をとる研究家もいる。三人は神話の定番なんだ。

古来、玉というのは美しいという意味と呪術の含みがある。今の日本でも東洋人にしては希な容姿、白い肌に薄い茶色の髪なんて人がいるだろう。君らのようにね。美夜古の御子神家の女性は巫女力があり玉の如く美しいヒメミコの資質がある。どうだね」

「玉の如く美しいですって」と最後だけ聞いた叔母さんがにっこり。

「本当かな。少し強引なような……。壮大な思い込みかも」

失礼にもそんな私の一言で先生は沈黙してしまった。しばらくして呟いた。

「まあ、そうかもしれない。検証は思い込みから始まるんだよ」

大井和先生は季節の変わり目ごとに訪れ積極的に幾多もある聖域へ赴いた。先生の話には眠り姫と化していたヨシコ叔母さんはいつしか魅され（特に美人の家系というところに）、訪れるたび講義を飽きもせず拝聴していた。

先生の人柄には好感が持てたのだけれど、私はあまり賛同できなかった。

京都郡の伝説では豊玉姫は児を産む姿を夫に見られ、ひとり海神宮に帰った後、青龍窟《せいりゅうくつ》で弥勒菩薩となった。孤高となってしまったのだ。辛すぎる選択。理解不能。

御子神家が美人家系と強調されるのも気が引けた。容姿は基本的に否応なく親に与えられたものだ。外見と心も一致しない。見た目が人の心を傷つけることもある。だからといって、なにをどうすればいいのか。ネガティブな感情が湧いてくる。決まって約束の場所に現れなかった彼の記憶が溢れ出る。言いようのない侘しさ。過去に縛られているのは分かっていたけれど、どうしようもなかった。

東風荘はそんな苦痛と共に安らぎも与えてくれた。様々な人に逢えるのは気晴らしになったし、なによりもヨシコ叔母さんの暖かな心情が嬉しかった。映画を観に北九州市まで連れて行ってもらったこともある。『ポセイドン・アドベンチャー』という、ひっくり返った客船から脱出する物語。ふたりして大泣きした。感性がいっしょだった。


うなされて起きた朝のことだ。肌感覚まで残る夢を観た。通常なら消えてしまうのに。

内容はこんなものだった。


どういうわけか目覚めると容姿が別の女性に変わっていた。生涯、この姿で生きていくしかないのかと悩みながら薄暗い路を歩く。斜め前方に十段ほどの階段があって見上げると珈琲の香りの彼が立っていた。こちらに気づくはずもない。私は釘付けになってじっと見とれて胸が苦しくなる。するとその日は誰とでも抱き合っていい『ハグの日（夢の中だから違和感はない）』だった。彼が降りてきて普通に当然のようにハグをする。嬉しさ、苦しさ、諦め、憤り、複雑な想いが溢れて胸がつまった。なにも言えない。真実を告げても分かってもらえない。「私よ、私よ」と心で叫びながら眼が覚める。

しばらく鳥肌が立ったまま。救いのない心持ちが続いた。


午後、美大へ進学した御地《おんじ》先輩から手紙が届いた。

その手紙をくれたきっかけは去年のこと。

先輩は美術教室奥の席に座り油絵を描いていた。私以外の女子部員たちは通常、教室中央に陣取って雑談が主な部活動。

あの日の話題は『どうして』だった。


「どうして山瀬ユウは入部したのかな」と部長が囁いた。

すると円陣を組んだ女子たちの頭がぐっと中央に寄った。

「そうなの。絵も好きじゃないのにね。彼女の憧れの毛利くんと御地先輩、仲いいでしょう。

先輩に毛利くんの話が聞けるから都合がいいのよ。いい迷惑。はい、次は」

みんなの視線が私に集中した。小学校から仲良しの同級生が口を開いた。

「この頃、飛行物体の話、しなくなったね」

ここぞとばかり大井和先生から聞いた話を受け売りした。

「そうね。この頃、空見ないから。京都郡には古来、飛行する明かりの伝説が三つあってね。まずひとつは推古朝に周防灘から北西に飛んだ木星の玉と青龍。龍は雷のメタファーなのよ。二つめは英彦山、求菩提山、普智山の天翔ける天狗。天狗は流星のメタファー。三つめは不知火。ここでは龍灯っていわれていて海の女神・豊玉姫の化身なの。京都郡、周防灘に現れて、線香花火みたいな火片を散らすのよ。私が見たのは多分、その龍灯みたい。昔は多くの人が見たそうよ」

「詳しいのね。専門家みたい。他に『どうして』はないの」

「今の疑問は空の色かな。空が青いのはどうして。朝焼けや夕焼けはなぜ赤い。雲にも微妙な色彩がある。不思議よね」

全員沈黙。そのとき窓辺で絵を描く御地先輩と眼が合ったのを覚えていた。

手紙に記されていたのはそんな高校時代の疑問、空の色についての回答だった。

御地先輩はあのときの会話を覚えていて一年も経って手紙で教えてくれたのだ。

光は波と粒子の性質を持つ電磁波で、その波長についてとか、ナノメートルで表示の説明とか、可視光線の短波長の青が散乱して空が青く見えるとか、雲は全波長を散乱するから白いとか、夕日は光源が遠くなるから短波長は眼に入らずに長波長のオレンジや赤になるとか、等などを科学的に数式も交えて解説していた。ワクワクした。とても嬉しかった。

摑み所のない女神、龍灯、神話に翻弄されていたから、思いがけなく確かなものにふれた気がした。神話や霊力など曖昧な浮草が、科学的な見解を得て根を張ったようだった。実は科学も不確かで常に更新される事実なんてまだ知らないのだ。

夢でナーバスになっていたから心も癒された。それから文通が始まって半年後プロポーズされた。でも先輩には特別な感情はなかったから断った。

これも記さねばならない。高校卒業前、毛利くんとデートしたことがある。

彼を嫌いなわけではなかったけれど、ただ山瀬さんの恋心に圧倒されていた。とても彼女と張り合う気にはなれなかった。

高三の秋、彼に正八幡へ呼び出された。初めて男子とふたりだけで逢った。告白されても曖昧な返事しかできなかった。

数日後、毛利くんに「恋人は無理」と伝えた。

彼から「嫌いじゃないよね」と問われても返事しなかった。

詳しい経緯は忘れてしまったけれど毛利くんも交えてみんなで映画に行くことになった。計画を実現したのは高卒直前の進路も決まった休日。結局、友人はひとりも参加せず、なぜか次女のミカ姉さんとその彼氏、それに私と毛利くんとのダブルデートになった。観た映画はことあろうに『エクソシスト』。あまりの気色悪さに私と毛利くんは硬直状態。対照的に姉さんは悲鳴をあげながら彼にすがりつきスキンシップの嵐を浴びせていた。後に、ミカ姉さんはその彼とゴールインする。


山瀬ユウが再び訪れたのはそれから半年ほど過ぎた初秋のこと。こちらは美術短大一年生、ユウは大手デパートへの就職と別の道を歩んでいた。きっと毛利くんの話に違いない。ふたりして今川橋を渡るとき眼にしたのは遊歩道脇に咲く真紅の彼岸花。私の憂鬱な表情に気づいたユウは思いがけない話をした。

「高校生の頃の私、自分のことしか考えてなかったね。それに気づいた。だから来たの。昨夜、夢を見た。でもあれ、夢じゃなかった。

この橋から夜空に蠢く明かりを見たの。それも大勢で。御子神さんもいた。夢の中では私たちまだ高校生で仲良し。いつもいっしょなの。かっこいい吉田先輩もいたし博学の御地先輩もいたから聞いてみた。そしたら、明かりはあの世とこの世の境に開いた穴で、散る火片はこちらへ降りてくる魂だって。魂が往来するから『端界越え《はざかい》』って言うらしいの。今川橋のみんな夜空を見上げて興奮して騒いで、本当に楽しかった。

すごく実感があった。確かに夜空に揺れる明かりを見たのよ。あなたとも繋がっている気がした」

もしそんな状況が本当にあったなら、きっと聡明で悪戯な吉田先輩が仕組んだトリックに違いない。などと考えながら答えた。

「夢とは思えないリアルな夢、私も見たことある。姉さんが巫女さんだから正夢の話、よく聞かされる。発想はスゴイね。初めて聞いたもの、火片が魂で明かりが空間に開いた穴なんて。考えもしなかった」

「そこなんだね。そうか。でも良かった、伝えられて。毛利くんのこと、もうなんともないから。好きな人、できたから。それに本当にごめんなさい」

「どうして謝るの」

「学校で笑わなかったのは私のせいね。夢で初めて見た、御子神さんの笑顔。そういえば見たことがなかったって気づいた」

そう言って帰ってしまった。今度は追いかけなかった。橋の欄干に持たれる。川原に彼岸花、原種のオーレアの黄色と白いのも少々、でも大半は真紅。ふと蘇る暗い記憶。

園児の頃、容姿が周りと違うせいで仲間外れにされ、いじめられた。額をつつかれ、水をかけられたりした。「アメンボウ」「割り箸」「雪女」と罵られた。だから容姿を褒められても憂鬱になってしまう。哀しいのに口角を上げて笑んで裏腹な態度を取った。ますます人嫌いになった。姉たちは戦い私は陰に隠れた。なるべく人前には出たくない。

もともと沈みがちな性格なのだから気にしないでと山瀬さんに言えば良かった。

落ち込むとヨシコ叔母さんを訪ねた。東風荘は美大の通学路で自宅とも近い。「ただいま」と言えば「おかえり」の返事。玄関受付の奥にある居間のソファーに座ると手かせ足かせが外れた。愚痴を聞いてくれるだけではない。そこにはイーゼルにキャンパス、ピエール作『ラッパを持つ天使』のブロンズ像。夏目漱石、太宰治、ヘミングウェイが並ぶ本棚、フルトヴェングラー、トスカニーニ指揮のLPレコード収納の棚付きサンスイの木彫ステレオがなにげにあった。いるだけで豊かな心地になった。

家庭状況を少々。几帳面、生真面目な性格の父は随分と歳をとって結婚した。定年後も通いなれた会社に嘱託社員として居すわり、相変わらず夜も遅い。母は母で私たちがある程度成長してからアルバイトで始めた不動産屋の経理、町内会の役員などお世話ごとに目覚めて家を空けてばかり。長女のミワ姉さんも巫女としての相談を常として力を発揮、多忙だった。家事万端は次女、ミカ姉さんの担当。昼間の三時間だけアルバイト、彼女の第一は彼氏で仕切るのが得意。

だから家族との会話はほとんどなかった。思春期の心が壊れなかったのは居場所を提供してくれたヨシコ叔母さんのおかげだ。そうやって東風荘の常連客とも馴染みになった。噂は徐々に蓄積、拡散して、後に騒動の火種となってしまった。

短大企画イラストコンテストで最優秀賞を受賞した。教授の推薦もあって二年になり立てで大学提携デザイン会社の製作部にアルバイトで所属。卒業前に本採用となった。

半年して、某大手薬品メーカーから突然、ポスター制作依頼があった。東京本社の企画部長が私の噂を聞いてモデルにしたいと言うのだ。地方のデザイン会社としては棚からボタ餅。大手クライアント獲得のチャンスとばかりに社長は狂喜。私の噂の出処はもちろん東風荘。発信者は宿泊した広告業界でも有名なカメラマン。

ことの重大さも考えずに「今回だけ」と言われるままにモデルになった。ポスターも気に入られ地域限定から全国的に使用されることになった。カタログ、チラシ、その他の潜在物すべてに起用された。次回キャンペーンではＴＶＣＭ依頼も。社としては急遽、私をタレント扱いにしてマネージャーを付けた。仕事がデザインから離れてしまった。いたたまれない気持ちが膨らんでいった。さらに社内の女性スタッフから妬まれて嫌がらせを受けるようになった。男性社員からは個人的な誘いが重なって軽いノイローゼに陥った。体調は悪化、吐き気と睡眠不足で仕事中に倒れ緊急入院。一週間で退院するも出社は拒否した。社長自ら自宅へ再三訪れ復帰を促されたがそのまま退社した。

次の彼岸花の頃、次女のミカ姉さんが長年の恋を実らせて嫁いだ。

披露宴の後、長女のミワ姉さんに大切な話があるとわざわざ東風荘に呼び出された。

「なかなか話し出せなくてね。山瀬ユウさんのこと。あなたの友達でしょう。行方不明になってね。捜索願も出したけど見つからない。それでお祖母さんが巫女力で探して欲しいって依頼に来たの。巫女は二種あってね。私はカミオロシのゴミソ、本来ホトケオロシは東のイタコなんだけど。見えちゃった。そのときはもう亡くなっていたの、海岸のテトラポットの奥で。彼女、両親と弟さんに先立たれてね、お祖母さんとふたり暮らし。人恋しいから気丈にふるまって。世話好きで惚れやすくて素直な子だったのね。

山瀬さんとあなた、生年月日も生まれた時間までいっしょ。ミサと山瀬さんは合わせ鏡だったのよ。間を覗くと、どちらにも永遠が映る。ミサはこの世、山瀬さんはあの世で『姫の座』にいる。

山瀬さんのお祖母さんが、よろしく言っておいてって。

生前、あなたのことばかり話していたそうなの。憧れだったそうよ。大勢からプロポーズされても断るミサがかっこいいって」


亡くなったなんて考えられない。私たちが親友だった夢を見たと言っていた。あの記憶が妙に鮮明で息苦しい。彼女の勘違いもある。毛利くんと御地先輩、ふたりだけしか告白されていない。いたたまれず姉に質問した。

「彼女、あっちの世界でどんな想いでいるのかな？」

「鏡だからね。ミサの心といっしょよ」

「それじゃ卑屈で、ねじれて、落ち込んで……」

「誰だっていろんな想いが沸々としているのよ。哀しみより悦びの感情を1％だけ増やす。それでいいのよ。心はあっち側にも映るから」

そこへヨシコ叔母さんが現れた。

「あなたたち、料理できるの。心配よ。ミカちゃんに押し付けていたでしょう」

長女のミワ姉さんが眉間にシワを寄せ、芝居がかった声で言った。

「それ、それなの。お皿くらい洗うけど食べるのが専門。ミカのいない人生なんて考えられない。ちょっと生意気だったけど天使だった。これから思い知るのよ、私たち」

と私を抱きしめた。茶目っ気のある姉さんに感謝した。悦ばしい式の後で山瀬さんの死を伝えてくれたこと。落胆してはダメと励ましてくれたこと。『名声の天使』のブロンズ像が掲げる華冠の下、細いガラスの花瓶にさした白い彼岸花が品よく輝いていた。

動きはじめた小さな歯車は大小様々に、その回転を限りなく伝播させた。時が過ぎれば終息すると踏んでいた噂は意に反して拡がり続けていた。

しばらくして県庁から連絡があり、わざわざ職員がプランナーとともに我が家へやって来た。なんとこの私に県主催ミスコンテストの出場依頼だった。

「某薬品メーカーの広告で活躍したあなたあっての企画だから参加して頂ければイベント自体の格も上がる。ぜひ初回のイメージキャラクターになって欲しい。ゆくゆくは様々なイベントと絡めてフェスティバルにしたい」と言う。

もううんざりした。亡くなった山瀬ユウへの気持ちも整理できないのに、どうしても人前で容姿を競うような気にはなれない。幾度、断っても次々に関係者たちが菓子箱を持って訪れた。絶対、首を縦に振らなかった。最終的にイベント自体が延期となった。私が断ったからだ。この噂がまたプランナーからコピーライター、ディレクター、作家、編集者、大手出版社へと拡散して後に事件となった。

この頃、私にポツポツとファンレターが届くようになっていた。知人ならともかく見ず知らずの人からの手紙など一通も開封できない。うっすら恐怖も感じた。芸能人でもないのに、ほとんど外出もままならなくなった。

しばらくして就職を決意した。某デパート社員募集に参加した。インフォーメーション要員として採用が叶った。そこはかつて山瀬ユウが勤めていたデパートだ。いざ電車通勤を始めるとストーカーまがいもいて呼び止められたり騒がれたり危険な目にあった。その状態を知った父は通勤時間を合わせ車での送り迎えを日課にしてくれた。


『豊玉姫騒動』はその秋に起きた。

古代史研究本部主催の大井和先生による講演会で、つい「海の女神、豊玉姫は今も豊国の美夜古にいる」と発言してしまった。質疑応答の際に「何処の誰か」を問われ「そんな人はおりません」とうろたえる様子が撮影されワイドショーで話題になってしまった。

あざとい若者向けの『週刊ピーボーイ』編集部がそれを知り関連記事を特番で掲載を決定。ただし大井和氏の女神に関する記述はほんの数行で『古代ミステリーの里・豊前、女神と妖怪たち』をタイトルに美夜古の地にゆかりの怪伝説を紹介。女神、巫女と関わる聖地だからこそ数多く伝承される物の怪《け》のたぐいを主としたトンデモ記事だった。

思ったよりも掲載号の反響が大きく、気をよくした編集部は第二弾掲載を決定。販売促進用のコピーはズバリ『美夜古の女神に独占インタビュー』。編集部の姫捜索に時間はかからなかった。九州王朝研究の著名人に「大井和氏がうろたえて隠した人物をご存知ですか」と聞き込みを開始。その日の内に御子神家三姉妹の末っ子と判明。モデルをやった薬品メーカーのポスターまで入手していた。

連絡を受けた私は戸惑いながらも「インタビューはヨシコ叔母さん同席、写真掲載はＮＧ」という条件付きで取材を承諾した。

東京の大手出版社からわざわざ九州の田舎まで編集者、古代史学者、カメラマンの三人で訪れ、四日の滞在で女神・豊玉姫関連の聖地を取材、顔は載せない約束でスナップを撮りながらのインタビュー。なんの問題もなく無事に終了。

ところが三週間ほどしてデパートのインフォーメーション前に男性たちがたむろするようになり祭日には来店客往来の妨げになるほどの人だかりとなった。それから買い物もしない場違いな男性客が増え続けた。顧客はブルジョアが主で静けさと品格が売りだったものだから苦情が続出。すっかり手を焼いたデパート側の責任者から呼び出されるのは当然だった。

騒動の原因となった『週間ピーボーイ』を見て一番驚いたのは私だ。表紙のメインビジュアルはアイドル女優と同列扱いのリアルイラスト。コピーも大きく『美姫は九州の異界にいた』〜単独インタビューに成功〜。女優グラビアの後にセカンド巻頭カラーページで私のイメージイラストを画家たち六名が競作。明らかにインタビューでのスナップ写真を資料にしていた。

名はイニシャルでも苗字は御子神と明記され、自宅も読めばほぼ特定され、職場も北九州某老舗デパートのインフォーメーションと記載。駅付近の大手デパートは二店舗しかない。探すまでもなかった。

まずいことに取材を受けた件は勤め先には告げていなかった。ここまで騒がれるとは予想もしなかった。

そんなときに大水害だ。私たちの住む街が激しい集中豪雨に襲われた。海抜の低い地区では一階部分すべて浸水。どこもかしこも我が家のように膝下まで水に浸かり全国版の新聞夕刊トップを飾った。豊玉姫と私の哀しみが同期した。真剣にそう想った。未曾有の水害も自分のせいだと、とことん落ち込んだ。

災害から数日してデパート幹部たちの私への処置が決定した。自宅謹慎だ。出社してすぐに命じられた。致命的な一撃だった。

「また迷惑をかけた。もう私なんていらない」

ロッカールームでひとり、私服に着替えスチール扉を閉めるとき、うっかり左の人差し指を挟んでしまった。じっと血のにじむ指先を眺めた。これは自分の指だろうか。この身体は私なのだろうか。あまり痛みを感じなかったから慌てもしなかった。長椅子でしばらく休んでみんなに気づかれないよう、こっそりと帰途についた。従業員出入り口をぬけると眩しい陽に襲われた。日陰になったコンクリートの歩道に眼を移すと河原の緑が見えた。そこに燃え盛る真紅の彼岸花、次に白も黄も咲き乱れる。不眠の果ての幻視だ。分かっていても、あまりの絶景に息を飲んだ。

「女神なんてやめてほしい。私は美人じゃない。絵を描いていれば簡単に分かる。第一、パーツの比率が悪い。唇は厚いし眉も濃い。おまけに表情もぎこちない。美形とはもっと目鼻立ちが整って自然に口角の上がる人だ。私なんかに騒ぐ人は踊らされているだけだ。いつか酔いも醒める。

笑顔を絶やさないよう、迷惑をかけないよう、波風を立てないよう、意地を張らずやってきた。でもなにひとつ報われない。見かけを褒められても嬉しくない。裏腹に悪寒が走る。辛い。傷口を幾度もえぐられるようだ。自身の痛みなら耐えられる。だけど自分のせいで人が傷つくのは耐えがたい。山瀬ユウは死んだ。もう取り返しがつかない。人殺しだ」

血の気も色彩も場所も時間も失せた。記憶が断片になる。日豊本線下り電車、車窓からの眺め、行きつけの内科病院、不眠症薬エリミン、蓑島の海岸、沓尾の竜姫宮、海風、砂上の藤原神社、浜の匂い、灰色の雲、後光、海原の煌《きら》めき、ユウのいたテトラポット。

気づくと東風荘二階の客室にいた。木造の古い天井に見慣れた木目がある。布団を出て東向きの大きな窓から空を眺めた。雲間から明かりが東方に流れ、その火片がひとつ、通りの向こうに落ちた。八年前、あの雨上がりの朝、東京で見た明かりと同じ。キュッと胸が締めつけられて全身が火照った。窓際にある籐の椅子にもたれた。約束の場所へ来なかった彼の記憶が懐かしく哀しく全身をおおった。

ふと気配を感じて通りを見下ろした。道の向こうから男性が近づいてくる。思わず素足のまま玄関を出て彼へと走った。確かに間違いない。あのときのように笑んでいる。珈琲の香りが仄かに漂った。

木造の古くすすけた天井。それは見慣れた東風荘二階の客室、二度目の目覚め。

「起きたね」とヨシコ叔母さん。

一瞬なにがどうなったのか。あまりにリアルな彼だった。それが夢と気づいて情けなくて涙がボロボロとこぼれ落ちて思わず蛹《さなぎ》のように丸くなった。

叔母さんが肩を抱いて耳元でささやいた。

「急にいなくなったから探したって、城戸さん。実家に連絡してもいないし。それで早退してわざわざ車で来てくれたの。ここにいないなら心当たりがあるって言うから、蓑島の浜まで行ってみたのよ。そしたら案の定、気持ちよさそうに眠ってるじゃない、山瀬さんの見つかったテトラポットで。ミサには無理だから、そういうの。前に城戸さんとお花を手向けに行ったってね。彼女、山瀬さんの親友だった。君のことも大切に思ってくれて。幸せ感じなさいよ」

ゆっくりと上体を起こすとお腹が鳴った。一昼夜眠り続けた身体は正直だ。おにぎりと味噌汁をいただきながら、大村先生が往診に来てくれたことや城戸さんが今朝までいてくれたことを叔母さんが話してくれた。実家には自殺未遂の件は伏せて一泊すると連絡を入れておいてくれていた。

「どうして叔母さんは私にそんなに良くしてくれるの？」

「確かに。教えてあげようか。初恋の男の子に似ているの。ごめんね、男で。嫌いじゃなかったのに、なにもしてあげられなかった」

久しぶりにヨシコ叔母さんとふたりで今川の遊歩道を歩くことにした。

「分かっているよね。主人とここへ越して来たのは君がきっかけだって。愛とか希望とか、やっぱりそういうの、大切と思ったの。やってみようって決めたの。東京に来た君は、確かに豊玉姫だったのよ」

「初めてあんなにときめいた。龍灯の明かりを東京でも見た。出逢ったの、あのとき。聞いてもらえるかな」

「やっと話す気になったね」

初めてヨシコ叔母さんに彼との出来ごとを語った。言葉が堰《せき》を切って溢れた。興奮して話し終え深いため息。そして最後に一言、漏れた。

「忘れられない、どうしても」

「いいのよ、それで」

と叔母さんは私の髪を両手でクシャクシャにして逃げた。

後を追って、久しぶりに全力で走った。

すっかり火点し頃、水面も草も街も黄金色に染まった。高揚していた。

「抜け毛、気にしているのに、もう。走るときは二回息を吐いて一回吸うのよね」

「そうよ。あったまると前向きになるでしょう。なにもかも嫌がってばかりいないで利用しなさい。過ぎたことじゃなくて先を見なさいよ。なんだってできる、死ぬ気なら」

仰いだ空は月も星も覆うほど高かった。


ヨシコ叔母さんが真顔で言った。

「さっきの話、ひとつ気になる。とても大切なことだから、ちゃんと思い出して。『明日、午前十時、明治神宮、大鳥居』。彼はそう言ったのね」

「ええ、はっきりと。香りも声も覚えているもの」

「明治神宮の鳥居は三つあるのよ。代々木駅付近の北口と原宿駅の南口、それに真ん中にもうひとつ、本当の大鳥居。彼はきっとそこにいたと思うけど」

「だって鳥居はふたつしかなかった」

「君はきっと外周を囲む狭い参道を行き来したのよ。それは御社殿に続いていない。南北にのびる広い参道の真ん中にある一番大きな鳥居。参拝していたら気づいたはず。朝から晩までいて、お参りしなかったのね。とんだ不信心」

胸の鼓動が高鳴った。焦点がぼやけて、ときが逆流した。神宮の風が頬をなでた。

静寂に燃え立つ彼岸花が一輪、私と重なった。あまりの浮き具合に情けなくなった。

「バカみたい、私」

「そうね」


インフォーメーションを離れて二週間。城戸さんによるとデパートはすっかり落ち着きを取り戻したらしい。その分、実家、東風荘付近の喫茶店や神社に若者がたむろしている。休日には団体で押しかけて来る。ピーボーイ誌の威力、影響力は凄まじかった。

大鳥居の話に高揚したままだ。なにかが変わっていた。

「凛々しく艶やかで神秘的。近寄りがたい」

かくのごとく評価する方々に伝えたい。

「勘違いされていますよ。成長期に空を見上げすぎ身体が反って背筋が伸びているから凛々しいなんて言われます。アレルギー性結膜炎のせいで半開きの潤んだ眼になりやすいから艶やかで神秘的なんて言われます。目ヤニも溜まって険しい顔もするから近寄りがたいなんて言われます。おまけに自殺未遂まで」


相変わらず自宅謹慎を余儀なくされている。気を使って父母も姉も沈黙していた。睡眠薬を服用して海辺のテトラポットの影にいたなんてヨシコ叔母さん、城戸さん、大村医師の三人とも律儀に口にしない。だから家族には夕食時に私から告白した。

「あなた病気だったのよ。もうすっかり治ったから」と母。

「変わったね、この頃。だいたいあのときの記憶、あるの？」とミワ姉さん。

「沖に後光が差して、そこだけ波が煌いて底から湧き上がるみたいに盛り上がっていた。なんだか生きているみたいに」

「面白いねえ。姫だねえ」と姉さんが笑うと母も私もつられて口角を上げた。

「もういいから黙って食べなさい。忘れてしまえ、そんなもの」と父。

白昼、電話連絡が入った。なんとも凄いことに青春映画の名監督仲林吉彦氏だった。

「ロケハンで福岡にいる。ピーボーイで話題の女性に逢いたいのでおじゃましたい。伺っていいだろうか」と言う。

「いいですよ。がっかりするかもしれませんけど」

すると、なんとひとりで自宅までやって来た。

出迎えた私を見てハッとした仲林監督、開口一番。

「いやこれはなんとも、実にまあ」

私はポカンとした。

「失礼。いやね、初恋の人と瓜ふたつなもので」と笑った。

居間に招き珈琲を注ぐと監督は人懐っこく笑んだ。

「君に取材した編集の小野寺がね。逢わないと後悔するって言うから」

細々とプロフィールを聞かれた後、映画出演をオファーされたけれど丁寧にお断りした。

実は仲林氏はお気に入りの映画監督で作品は全て観ていた。監督がシナリオを潤色して、どの作品にも加えるセリフが大好きだった。

「聞いてもらえますか」

と監督の定番セリフを真心を込めて披露した。

「眼を閉じればどこにでも行ける。だから私はここにいます」

すると監督は声を弾ませて、

「ハーイ、カット。一発オーケー。良かった」と口角を上げた。

「出演するより、ずっとファンでいます」

「これが始まりだ。ゆっくり考えて連絡を」とテーブルに名刺を置いた。

玄関先は沢山の野次馬さんたちでごった返していた。帰り際、監督のファンに対応する姿はこなれたものだった。愛想よく握手し、質問に手短に応え、望む者にはサインをし、終始笑んで、ファンから離れると振り向いて手を振った。

私も見えなくなるまで見送った。


巷では、ひとりで名監督と対等に渡り合ったと囁かれ、物怖じしない態度がスゴイと噂になった。そこにいた人たちは玄関先での応対しか眼にしていないにも関わらず。

「間違いなくスター誕生だ」と街中が湧いたけれど、それはない。


また今川の遊歩道を走るようになった。

夢は叶えるためにある。きっとなんとかなる。

東風荘に向かった。

玄関先にいたヨシコ叔母さんと眼が合った。
「やるの？」と問われた。
私は首を縦に振った。

第二話

東京にて

マーク・トウェイン
「人生は儚《はかな》いものだ。争いや謝罪、嫉妬、責任追及などしている暇はない。あるのは愛するための時間だけ、それも僅かな時間だ」

スティーヴン・ホーキング
「足元を見るのではなく星を見上げたときに思い出してください。どんなに人生が困難にみえても必ずなにか出来ることがあるのです。あきらめさえしなければ」

ホイットマン
「しかし今私は思う。世に報われない愛はない」

金子みすゞ
「明るい方へ　明るい方へ」

見送りは長女のミワ、初東京のときと同じ一言。まるでデジャヴ。

「キチトナル（吉となる）」

新幹線の車窓。高速で移りゆく景色、トンネルの闇に映る私。時の感覚が薄れる。五感の記憶が錯綜した。

少ない預金をおろして身支度も終えて、両親の前で初めて上京を伝えたとき。食卓のお味噌汁の香り。黙ったまま食事途中で部屋を出た父。

箸が止まった母。

「父さん。心配なのよ。でもこのままよりは、いいか」

巫女なのに現実的で冷静な長女、ミワ姉さん。

「やっていけるのならいいけど。問題は稼ぎ口よ」

離乳食片手に子連れでかけつけた次女、ミカ姉さん。

「なにをやるにも結婚前。ミサはぎりぎりセーフかな。いいと思う」

親に口添えしてくれたヨシコ叔母さん。

「現状打破。いいね。本当は人探しなんて言えないものね。まず尋ねる人。板橋のマンション一階で喫茶店経営、料理家のヒトミさん。それに大井和先生。後はなるようになる」

旅立ちの朝、背を丸めて新聞を広げる父。そのままの姿勢で一言。

「誰が許すと言った。もう帰って来るな」


新幹線の指定席。

隣にいたお婆さんが話しかけてきた。艶やかな白髪、利休鼠色の着物がよく似合う。柔らかで活き活きとした表情。旅の目的が孫に逢うというのは表向きで、初恋の思い出の場所を訪ねるとのこと。相手の消息は知らないそうだ。私は「これから名前も知らない人を探しに行く」と伝えた。「あなたの心に勲章をあげる」と両手を包んでくれた。仄かに白檀の香りを漂わせ最後まで上品に京都で下車した。

次にその席に座ったのは幼い男児を連れたパパだった。まだ若く爽やか。「富士山を見せたい」と言うので窓際の席をゆずろうとすると「よろしければ抱っこしてもらっていいですか」と頼まれた。しばらくして富士の裾野が見えてきた。稜線が右上がりに天を目指す。中腹に雲がかかり壮麗な山頂が顔を出している。なんとも雄大で美しい。毎日こんな光景に逢えるなら公明正大な人物になれるに違いない。嬉しくなって思わず「ほら、すごいね。キレイ」と話しかけると私の胸ですやすやと眠っていた。苦笑いのパパ。微笑ましい親子は「ありがとう」と名古屋で降りた。温もりだけが残った。

隣の席は空いたまま大都会に入った。窓の内に人の蠢く高層ビル群。コンクリートと鉄柱の組み合わせ。こんなもの自重で潰れはしまいか。心持ちと同じくらい不安、ちょっと、いや、だいぶ。

品川から山手線で池袋、乗り換えて東武東上線で大山、踏切を渡り商店街、人混みになんとなくホッとしてマンション街、数本の通りを経て左へ折れる。あのときは迷ったけど今回はOK。思い出のマンション一階にある喫茶『123《ひとみ》』のヒトミさんはヨシコ叔母さんの親友だけあってはっきりモノを言う。

「君がヨシコを復縁させたミサちゃんね」

「よろしくお願いします。御子神ミサです。ヒトミさんですね。料理研究家だそうですね。あ、伝言があります、ヨシコ叔母さんから。愛してるって」

カウンター越しに語り合った。合いの手がまるで温泉みたいに暖かで、気づけば公私とも洗いざらい話しまくってしまった。

彼女はぐんと顔を近づけ右の口角を上げて言った。

「あまり人と付き合わないね。もし私が信用ならない性悪女だったらどうするの。初対面だよ。友の死とか自殺未遂。まるで詩人の告白だ。コロッとカモにされるタイプだね。噂通りのお人好し。姫って呼ばれても仕方ない。

よく分かった。合格。この二階、使っていいよ。半分倉庫だけど。娘のモモは二年前に嫁いだから別れるまで帰ってこない。その代わり職が決まるまで店の手伝いしなさい。まあランチ時がバタつくくらい。いつもは出来上がったら取りにくるし片付けとかも自分たちでやる常連ばかり。勉強と思って人に慣れるといい」

「ありがとうございます。了解です。助かります」と深々とお辞儀する。

「飼い殺しって言っているのに、そんなに悦んで。娘が嫁いでから客は同年代ばかりでね、花がなくて、だから。まあいいや。なんだかこっちも素直になっちゃうよ」

ヒトミさんは底抜けに優しかった。やって来る馴染みの客と笑みを交わして七時に閉店。賄いのサラスパはめちゃくちゃに美味しかった。本棚にあの週刊誌ピーボーイもあったけど少しも気にならなかった。ふたりして近くの銭湯に入って、かつて娘さんがいた部屋に案内してくれた。ベッドのシーツは新しかった。

「ゆっくりお休み。そのうち旦那に会わせるね。寂しくないから。はい、これ」

「え、お店の鍵ですか。もし私が信用ならない性悪女だったらどうします？」

初日に夢が叶った。憧れのひとり暮しだ。娘さんのお古だけどちゃんと机もあるから絵も描ける。信じられない。喫茶『123《ひとみ》』が私のベースキャンプになった。

翌朝、八年前のジャージで走った。もちろん火片を追って彼と初めて逢った駐車場横の小路を目指した。いっしょに倒れた場所。段差もそのまま。これから毎日この場所を翔けると思うと、それだけで身体が震えて心臓が破裂しそうだ。

開店二時間前に店に入って掃除をした。要領は悪いけど丁寧を心がける。掃除機をかけ本棚を整理しテーブルを拭いているとヒトミさんがやって来た。

「最初から飛ばすと後が疲れるよ。ちょっとそのエプロン、藍染かい。いいね」

二枚持って来たのでプレゼントした。藍のエプロンはその日から『123』の正装になった。

聞いた通り、ほとんど常連さんばかりで「いつもの」でヒトミさんの手が動く。慣れたものだ。メニューはチーズトースト、エッグサンド、珈琲、紅茶、ミックスジュースだけ。茶菓子などは客同士が持ち寄る。給仕は出来てもフワフワ卵焼き、ジュースの配合、珈琲の入れ具合はヒトミさん。メニューも常連になると、客に合わせて微妙に味を変えるそうだ。私が見様見真似でやると客はすぐに分かる。それでも文句は言われない。

東京にはモデル、芸能人、超洗練美人がわんさと集まる。私なんて話にならない。常連さんは方言丸出し田舎娘と歓んでくれる。年長の方々だから落ち着いているし物腰が柔らかく言葉が温かい。ちょっと持ち上げてくれるのも心地よい。

「棚からボタ餅」「なんてったって姫だもの」「私だって若い頃は美人だったのよ」「客が増えるね」「本のせいで地元に住み辛くなったって？」「ずっとここにいなさいよ」

だいたいは穏やかにしているヒトミさんだがスケベ心のありそうな客だけは鋭く見抜く。たまに私にちょっかいを出す輩には「新日本プロレスの彼がいるのよ」と凄んでくれる。まったくの嘘だ。ただ「人探しで来た」と初日に喋ったものだから、若い男性客が来店すると私をいちいちニヤケ顔で覗き込む。それだけは頭にくる。

大井和先生に逢っていない。渋谷の事務所を訪ねるよう言われていたのに、やって来てもう半月、『１２３』の居心地がよくて離れられない。

ランチ客が一段落した昼下がり、なんと先生の方からわざわざ来訪した。

こちらはとても申し訳なくて「ごめんなさい」と頭を下げた。

先生も恐縮しきりでカウンターに座った。

「いやいや謝るのはこっちだ。豊玉姫発言で本当に迷惑をかけた。いい歳をしてつい後先も考えず調子づいた。いやはや大失態。

ピーボーイの特集もやり過ぎた。編集部には記事のせいで地元にいられなくなって上京したと伝えてある。担当編集の小野寺君も珍しく恐縮している。

おせっかいかもしれんが、これまでの君のイラスト資料を編集部に渡しておいた。イラスト依頼があるかもしれんよ。

もうひとつお願いがあってね。月曜と火曜の週二日、池袋アカデミー学園、非常勤で来てくれるかい。デザイン概論の講義でアシストが必要でね。出来れば君のようにデザイナー経験があれば言うことなし。やってみる気はないかね」

願ってもない言葉に私より先にヒトミさんが返事をした。

「いいんじゃないの。それでこそ先生だ。今日のミックスはおごり」

とリンゴとバナナにミルクとヨーグルトを入れたミキサーのスイッチを押した。その混ざり合う様子、けたたましい響きに、ドップラー効果のように意識が近づいて遠のいた。至高の波が寄せては返す。ふとミキサー内を巡る赤い粒が見えた。リンゴを皮のまま食すのが先生流らしい。その忙しない動きが高揚と重なった。


とても充実した毎日だ。先生から藍色の携帯用ワープロをいただいた。キャリーケース付きだ。どこでも講義用プリントの清書ができる。先生と仕事をして分かったこと。冗談を言わない。真面目で酒もタバコもやらない。趣味が勉強。他は興味がない。反面教師と自ら言う。「好きなことばかりやっているとこうなる」の典型。ときどき青二才の私が講義に意見したりすると真剣に受け止めて落ち込む。偉そうにしないところが偉い。本人はスケジュール通り作業するが他人には寛大。人に迷惑をかけない。こちらが大ボケかまして遅刻、滞納をやらかしても笑って済ませる。ごめんなさい。頑張ります。

事前に打合せして講義の日までにA4サイズに二枚プリントしてB5サイズにカッターで余白を切ってB4サイズで百枚コピーする。これが講義一回用。内容は文化、医学、科学、色彩、映画などと人とデザインとの関わりについて。月、火曜と池袋の専門学校へ通い、チェック、仕上げ、授業立ち会い、次回の打ち合わせ。これがとても面白い。

出版社からは毎週のようにイラスト発注依頼がある。読者ページのカット。喫茶へFAXで連絡があるので下描きはカウンターでやってしまう。資料探しは常連さんやヒトミさんが手伝ってくれる。なんとも優しい。

そんなこんなで、お絵描き姫と呼ばれた。土曜日は休みをもらう。約束の時間、午前十時に明治神宮の大鳥居に行くからだ。ヨシコ叔母さんに教えてもらった大鳥居。神宮で午前中、過ごすのが習慣になった。

彼との再会を願ってジョギングと大鳥居通いを続けている。大井和先生や編集の小野寺さん、ヒトミさんや喫茶の常連さん、専門学校の学生さんたちと知り合いが随分と増えた。でも彼のことを尋ねて調べたりはしなかった。運命の人なら出逢うはず。いつかきっと必ずめぐり逢える。どこかそんな気がした。

初めて先生との打ち合わせをすっぽかし後日に変更してもらった。仕事における約束破りは重罪で弁解の余地もない。でもこれにはちゃんと理由があった。

イラストを夜遅くまで描いて朝から薄ぼんやりしていた。池袋駅、東武東上線の改札を出ると、あの懐かしい珈琲の香りが通り過ぎたのだ。ハッと眼が冴えて人ごみを追った。数人のめぼしい男性の後ろ姿を嗅いでみたが違う。するとある壮年男性の背が仄かに匂った。彼とは歳の差がありすぎる。でも後を追ったのは言うまでもない。ジャケット姿で身なりもいい。少し変だ。せわしなく歩く人たちの三倍は遅い。うなだれてあっちへフラリこっちへフラリ。病気か。妙な薬でもやっているのか。上り口の階段が見えると引き返す。ごったがえす駅構内の地下街を廃人のように巡るだけ。

そのうちに元の東武東上線の改札口までたどり着いて切符を買い中へ。上り階段で真後ろに近づくと確かに香る。ホームでフラフラ、やがて力なく柱に持たれた。すっかり肩を落として抜け殻のようだった。それが迫り来る電車に向かって、ゆっくり歩き出したのだ。すぐに分かった、なにをしようとしているか。案の定、電車がそこまで迫っても線路側へ歩き続けた。咄嗟に後ろから両手で羽交い締めにしてグッと引き寄せた。火事場のクソ力、勢いあまって背から倒れた。身体の上に中年男性。辺りが一瞬どよめいたけれど、ふたりでなんとか立ち上がってみせると、ものの数秒で普段通りの朝のホームに戻った。

「ダメです、こんなの」と叱っても、壮年男性はうつむいたままで反応しない。

　正面からよく見れば、清潔感漂う品の良さがあった。髪型以外は芥川龍之介氏のよう。あの大家も自殺したのだった。ベージュのジャケットにキャメルにブラウンのペイズリー柄のアスコットタイ。全体のイメージは上品なイモケンピに見える。ぼんやり遠くを見る眼。落ち込んでいた頃の私も傍目にはこんなものかと不謹慎にも滑稽で身近に感じられ、なれなれしく言った。

「私みたい」

　ようやく顔を上げたので眼が合った。するとビクンと身体を揺らし、ふやけた表情が真顔になった。明らかに私を見て驚いた。みるみる瞳孔が開くのがはっきり分かった。

「ああ……。ということは君、尾行していたのか」と質問された。

　図星されてポカンと口が開いた。阿呆ヅラのまま固まった私に言う。

「命の恩人、少し時間はあるかね」

「私も聞きたいことがあります」と返事した。

　自殺未遂の上品なおじさんに連れられ横断歩道を渡った。ビル街の角を左に折れた処にある珈琲専門店・幸琲亭に入った。店内に足を踏み入れると道すがらのイライラが消えた。

　艶のある深いブラウンのカウンター、テーブル、椅子、柱を電球のオレンジが温かく照らす。珈琲専門の老舗だった。ああこれだ。この香りだ。眼を閉じて大きく深呼吸すると一瞬、宙に舞った。そのまま導かれ奥のテーブル席に座った。

「珈琲は大丈夫かい。お嬢様」「はい」のやりとりは上の空だった。

「どうして見ず知らずの私を助けたのか」と問われたので「勝手に身体が反応した」と答えた。こちらは、「どうして後をつけていたのが分かったの」と問うと「改札から出てくる私が脳裏に焼き付いた」と言う。

「なぜ」と問う前に珈琲を運んできたオーナーが話しかけてきた。

「曾賀様、お久しぶりです。驚きましたよ。お嬢様がいらしたんですね。夢のようです。奥様、そっくりで」

目頭を熱くしている店主にニコリと笑んでみせた。すると満面の笑みで「ごゆっくり」と退散した。自殺未遂の曾賀さんは察するに奥さんを亡くしたのだ。きっと心から愛していた。チラリ眼が合うと苦笑いして目線をそらし珈琲を口にした。

「そんなに似ていますか」と聞いてみた。

「そんなに似ている。

今朝、東上線改札の人混みに君を見たとき黄泉の国へ迷い込んだようだった。もう戻りたくなかった。ホームで助けられて夢から醒めた。するとまた君だ。驚いたよ。世の中、捨てたものじゃない。出逢った頃の妻がいる。それも私の後を追って助けてくれた。

これではお伽噺だ。どうしてそこまでしてくれた？　理由があるだろう」

「珈琲の香りがしたからです」

「サシェだよ、この店の。オーナー独自製法の香りだ」

「他では手に入らない？」

「そうだね。長時間、渋みまで感じさせるのはここだけと思うよ」

彼に近づいた気がした。身体中が火照った。珈琲の香りの青年を探しに九州から出てきたと告げた。すぐにサシェについていろいろとオーナーに尋ねてくれた。

「曾賀様のお嬢様の願いならご協力させていただきます」と配送手配の顧客名簿を調べてくれたがリストにあるサシェ愛好家は高齢者ばかり。小一時間もすれば販売担当のウェイトレスがやって来るというので待つことにした。その間、曾賀さんは商社の会長で奥さんを六年前に亡くしたこと。私も自殺未遂をやらかしたこと。さらに互いの日常のあれこれまで語り合った。

現れたウェイトレスが私を見て驚いた。

「御子神ミサ先生ですよね、大井和研究室の。私、ファンです。素敵です。

ああ失礼しました。池袋アカデミー学院一年、須川貴子です」

「いつも前列にいる優等生ね。あなたのイラスト好きよ。よろしく」

「オーナーに曾賀様のお嬢様ってうかがいましたけど」

「ああ、それは養女だから苗字が違うの。九州から上京して今日久しぶりに逢ってね。

サシェの香りがステキだったから連れてきてもらったの」

「そうですか。私も大好きです、ここの香り。再会の記念日にようこそ」

気さくな学生でサシェについて教えてくれた。十年前に店主が芳香剤として開発。独自の香りが三週間も続くのは画期的。でも味気ない四角のメッシュパック入り。それを常連の奥様がリボン付きサシェにして持ち歩いた。店頭に置いてみると池袋界隈限定だけどファンが定着。包み布を和柄洋柄、刺繍や形などお客様の要望に応えイベントや学園祭でも人気になった。池袋アカデミーの学園祭にも恒例出品とのこと。

ということでお客は不特定多数。幸琲亭の香りは万延しているのだ。でもここに来ればいつか彼に逢えるかもしれない。幸琲亭は明治神宮同様「いつかきっと」の場所になった。

曾賀のお父様が渋みを添えた創り声で言った。

「須川さん、サシェを一ダース持ち帰りに。娘にプレゼントしたいのでね」

私も合わせて付け足した。

「須川さん、また来るから。来週かな。ね、お父様」

曾賀のお父様とは学校帰りに幸琲亭で逢った。お父様なんて変と思われるかもしれないがそう呼ばざるをえない。繊細で落ち着きのある態度、ゆったりした話しぶりに品性が漂う。常にＪプレスのシックなブラウン、ベージュ系のジャケットを着込んで、店のたたずまいに溶け込む。同時に第一印象も言い得て妙。でもいくら「上品な」が付いてもまさかイモケンピなんて呼べない。

お父様の話は大変興味深い。通常の神経では考えられないほど合理的に幾多の危機を乗り越えた話。さすが一代で会社を一流にしただけのことはある。黎明期は波乱万丈。十人のためなら一人を切るのは当たり前。たとえ親友、血縁であろうとやってのけたそうだ。有能なリーダーの資質かもしれないが、その情け容赦のなさでは恨まれても仕方ない。それに仕事のために家庭をかえりみなかった。結果的に降りかかる火の粉祓《はら》いは妻に任せた。突然見放された取引先の方々、解雇された社員たち、その家族、知人が家に押しかけたり、裁判沙汰もあった。そして妻が他界。度重なる心労が原因だったと言う。自分が殺したようなものと自覚している。一人息子も愛想を尽かして大卒後、家出して音沙汰なし。

そんなこんなで今は名ばかりの会長でご隠居様。

「妻子を想うと心が痛い。友は一人もいない。自分は人を傷つけたから孤独で当たり前」と観念している。

泣き言は極力言わず、人に多くを求めない。沈黙を守ってひとり絵画、音楽、映画、文学等と戯れる。人に安らぎを求めない。寂しい。多少私と似ていた。

息子は横浜で働いているらしいと風の便りに耳にしただけ。七年も音信不通だそうだ。

「母思いで優しかった息子の嫁になってくれないか」と言う。

「もう少し若い人か、いっそお父様くらいの歳上がいい」と答えた。


さて昨夜の話。ひっくり返るほど驚いた。ヒトミ夫婦のお宅へ招待されたのだ。

イラスト、アシストと仕事をいただいて喫茶『123《ひとみ》』の終日お手伝いは木曜と金曜に落ち着いた。とは言ってもヒトミさんは彼氏も友人もいない私の帰りを待っていてくれるから毎日、顔を合わせる。お部屋だって提供していただいているのだから決してバイト代なんていただけない。彼女も部屋代を受け取らない。感謝してもしきれない。善き人だけど語らない謎がひとつあった。旦那さんのことだ。

こんな調子で生活できるのも夫のおかげと彼女は言う。ほとんど家に帰らないヤクザな商売をしていると聞かされていて、お宅での歓迎お食事会は長期延期になっていた。それが三ヶ月ぶりに帰宅したからと招待された。遠洋漁船の漁師でもあるまいし年に数回しか家に帰らないとは、いったい。正直、怖かった。本当に危ない人だったらどうしよう。でも彼女の伴侶なら親にも等しいと決死の覚悟で訪問した。

「よう久しぶり」と目前に現れた男性はなんと！

まさかの再会に乾杯するも意外すぎ。仲林監督だったのだ。

そう言えば苗字を聞いていなかった。常連さんも言わなかった。なんてことだ。

夫婦は十人十色と心から想った。ふたりの馴れ初めには笑った。料理教室で講師のヒトミさんが作った卵焼きに惚れ、その場で思わずハグした生徒が監督だった。もちろん彼女の平手打ちも食らった。破天荒でまっすぐな旦那に今でも惚れているという。仲林監督も奥様同様、底抜けに優しい。映画が秀逸なのはこんな人柄のせいだ。


笑顔でちょこちょこと女優業に誘う。新人を主演させ輝かせるのが得意と自己アピールする。

そんな気はないから再度断った。

なら〈姫プロジェクト〉に制作で参加してほしいと真剣な眼差し。

「いつか豊玉姫伝説をベースにした愛の物語を映画にしたい」

君なら大井和先生とも交流があるし伝説の姫本人だからと迫るのだった。悪くない。でも、おこがましくてこう返事した。

「大井和先生といっしょならアシストで協力します」

すると「願ってもない」と今度は監督がひっくり返るほど悦んだ。

早速、仲林監督の〈姫プロジェクト〉の件を大井和先生に伝えると嬉々とした。

「それはいい。彼は成瀬巳喜男の再来とまで言われる名監督だからね。協力させてもらうよ。まず題材探し。神話そのものじゃ芸がない。なにをどう描きたいか、姫をどう表現すればいいか、じっくり考えなさい」

日常を前向きに過ごしている。上京して早一年と数ヵ月。悩みに耽るより人に感謝して暮らした方が平安を保てる。みんな良くしてくれる。こんな右も左も分からない田舎娘の私を必要としてくれる。

そんなとき「幸琲亭の香り愛用者限定ご招待」の『幸琲亭サシェ・シネマクラブ』が開催されることになった。映画の上映と人気のシンガーソングライターのマコさんをゲストに迎えるイベントだ。もっともマコさんは店の常連さん。場所は幸琲亭地下一階の七十名は優に入れる中型のホール。

映画は『めぐり逢い』。あのとき東京滞在五日目、池袋の名画座で観た作品だ。

曾賀のお父様が、こんな会話を覚えていてくれて実現した。

「タイトルも内容も覚えていないけれど。確か出逢いは豪華客船。エンパイアステートビルで待つ男性。子供たちの合唱、真っ赤な服に白いショール」

「ああそれはレオ・マッケリー監督の名作。ちゃんと観ておいた方がいいよ」

なんだか出来過ぎな気がして曾賀のお父様に尋ねてみた。

「この催し、もしかしたら私のため？」

「いやいや、みんなの夢を重ねただけだ。店主の夢は名作映画試写イベント。歌手マコさんの夢は幸琲亭でのライブ。私の夢は『めぐり逢い』を多くの人に紹介したい。

そういうことだ。当日は来場者へのサシェ配布をやってもらうからね。須川さんと衣装を新調するといい。プレゼントさせてもらうよ」

開催されたイベントは立ち見も含めて百数十名が集った。結果は大盛況だったのだ。用意していた販売用ブレンド珈琲、配布用サシェは瞬く間に無くなった。


でも世の中そんなに上手くいかない。サシェ愛用者、初の集いにお目当ての彼は姿を見せなかった。笑顔になれない。分かってはいたけれど少し期待もあったものだから。

その分、映画『めぐり逢い』をまともに鑑賞して圧倒され心揺さぶられた。マコさんも泣きながら主題歌「思い出の恋」を歌った。

曾賀のお父様は私の肩にそっと手を置いて笑んでくれた。

「いつかきっとだ」

だから信じる。だって愛はある、諦めなければ。

後日に須川さんに教えてもらった。やはり曾賀のお父様の企みだった。ポスター、チラシも、映画フィルムも上映機材も手配して、マコさんの出演料まで負担したそうだ。

「彼に逢いたい」という私の願いを自然に無理なく実現しようとしたのだ。

「娘の本当の笑顔が見たくてね」と須賀さんに告げたそうだ。

私には決して言わない。そんなふうに歳を重ねた人だ。


だから私も立ち入ることにした。

曾賀のお父様のためになにをしてあげられるだろう。本当は分かっていた。いくら考えてもそこしかない。差し出がましいけれど、やれるのは私しかいない。


ひとり息子に連絡をとることにしたのだ。でも知らない男性に逢うのも気が引ける。仲直りをさせる話術もない。だったら手紙にしよう。住所を知りたい。

大井和先生曰く、名の知れた企業なら個人情報なんて簡単に入手できる。

そうだ、編集の小野寺さんに聞いてみよう。わざわざ東風荘まで謝罪に来くれた。ずっとイラストの仕事も頂いている。とても誠実な人だし。

「ある男性のこと、調べていただけますか。苗字は曾賀。横浜の貿易商社で営業の仕事をしているそうです」

「嬉しいよ、頼ってくれて。どうしたの。惚れたのかい」

「いいえ。実は家出して行方不明の男性です。親が心配していて」

「了解。最優先するよ。一応、為人《ひととなり》、素行も調べておこうね」

「ありがとうございます。聞いていいですか。イラストレーターは私以外、半年ほどで変えていますよね。それに料金や発注点数も気遣ってくれて、資料本も無料で頂いているし。今回だって。どうしてそんなに」

「気に入っているからだよ。絵も君も。正当な理由だろ。いやいや下心はない。本当は少し初恋の人に似ているんだよね、眼元なんか特に」と照れた。


一週間ほどで息子さんの自宅アパートと仕事先の住所、電話番号も分かった。

『曾賀遥一郎。二九歳。この若さで社員数二四名ほどだけどT商事の経理兼営業企画部長。温和で誠実。社長の片腕として信頼を得ていて社員にも受けがいい。趣味も仕事。両親の話は御法度。理由は感情的になる。亡き母を慕い父親への反発が大』

小野寺さんに礼を言うと尋ねられた。

「この人の父親、どんな人か、分かっているよね。曾賀物産を設立した重鎮、曾賀会長。ミサちゃんの知り合いなの。いったいどういう関係？」

「私のお父様」

すぐさまお茶しぶきを浴びた。眼前の小野寺さんが吹き出したのだ。腹を抱えて笑い転げながら涙目になって言った。

「最高、サイコー。嬉しいねえ。生真面目なミサちゃんが分かる娘になった。でもそれ内密に。命を狙われる。もう座布団十枚」

「本当ですよ」と言うと「大好きだ」と握手された。

この事態にはいろんな意味で勉強になった。真面目に答えると信じてもらえない。人をびっくりさせて汚い結果になっても、笑いをとれた方が嬉しい。私も結構、アホだ。


「初めてお便りさせていただきます。御子神ミサと申します。

どうしてもお伝えしたいことがあります。

なるべく失礼の無い最善の方法をと考えて、お便り差し上げました」


こんなふうに始まる手紙には心情をすべて記した。

曾賀のお父様の誠意に答えるためにできることはこれくらいしかない。

三女の末っ子の偽らざる胸の内。不知火、龍灯を見たこと。その火片が魂かもしれないこと。

十五歳で東京一週間経験。彼との出逢い。ヨシコ叔母さんの愛。実らなかった恋。友の自殺。

神話と御子神家の話。豊玉姫に祭り上げられた困惑。自殺未遂。両親、姉たちの優しさ。彼に逢うために上京したこと。仲林監督のライフワーク、神話ベースの恋物語映画のこと。ヨシコ叔母さんの愛。監督の愛。その妻、ヒトミさんの愛。大井和先生の愛。編集部員、小野寺さんの愛。そして家族の愛。

あなたの父、曾賀のお父様との出逢い。私が妻に似ていたこと。珈琲の香りにまつわる話。忘れられない彼と再会させようとイベントを開催してくれたこと。

お父様の亡き妻への愛、優しさ、後悔。そしてなによりも父としてのあなたへの愛。


「お父様は善き人です。傷つけた人もいれば救った人もいます。言葉少なで誠意を口にしません。私も正直な心を面と向かうと言葉で上手く伝えられません。だから手紙でお伝えします。お父様の一番のわだかまりはあなたです。愛しているからです。

最後にもう一度。お父様は後悔しています」


思いつくまま文章を連ねると、思春期のなにもかもを拒否していた自分が見える。

「許せない、許す」はとても曖昧で、どちらの想いが行動に出るか分からない。身体はひとつしかない。揺れる想いで隠れてばかりいた。

性格や心の癖なんてそうそう変わるものではないけれど、サイコパスな狂人や天才でもない限り、だいたいほとんどの人が浅はかで根は純情な気がする。なら前を向いて歩ける。生き方は変えられる。それに人には揺り返しみたいな時期がある。曾賀遥一郎さんにもある。それが今なら幸いだ。

月曜日。専門学校へ行く。十五枚にも及ぶ長大な手紙。大胆にも池袋駅へ着くとポストにポトリ。一週間も躊躇して持ち歩いていたのに、なにげに投函してしまった。

授業アシストを終えて次回の原稿整理をやっていると大井和先生が向かいに座った。いつもの穏やかさに親しみ深げな表情。見透かされたかと構えてしまった。

「どうした。考えごとかい。〈姫プロジェクト〉の企画、進展はどんなかと思って」

「九郎豊房伝説をモチーフにしたいのですけど」

「いいと思うよ。監督の趣旨にも合う」

「ありがとうございます」と言ったものの、心ここにあらず。

「相談に乗るよ。顔色も悪い」

心配してくれる先生にはぎこちない笑いを返した。逢ったこともない息子さんに書いた手紙を投函してしまったのだ。なにしろ半分は自分自身について費やしている。じわじわと恥ずかしさが募って後悔でいっぱいになった。居ても立ってもいられない。

火曜日。昨夜は眠りも浅かった。

授業アシスト中、講義で大井和先生が語った。

「みんな、昨日、今日と御子神女史は元気がない。気づいた人もいるだろう。まあ聞いてくれ。体調不良には原因がある。女性は大切なあの日とか……デリケートだ。それに現代人は多忙なのに考えてもどうしようもない心配事を抱え込む。多少のストレスは望ましいが過度の場合は万病の元。とにかく体調が不良なだけと開き直れ。身体の問題と楽天的に。悩みがあれば私に。おいおいそこらへん、ジジイには相談したくないとか言うな」

少しうけて、学生たちの笑いが漏れる。学生たちが教室の脇にいる私に注目した。本当に先生はデリカシーに欠ける。普段は大人しいくせに講義になると弾ける。目くじら立てるほどでもないけれど講義でいじられる身にもなってほしい。

悩みの因子は分かっているから、この際取り除こう。手紙を読まれる前に奪い返すしかない。曾賀遥一郎さんの勤め先は横浜だけど住まいは渋谷の神保町だ。ともかく探しに行こう。その夕刻はどんより重たい雲が落ちてきそうな天気だった。

山手線、渋谷駅で降りてハチ公前を過ぎ１０９方向へ。雨粒はまだだが雲はますます暗く低くなる。幼い頃、姉たちと遊んだ駐車場がある。そういえば十五歳の渋谷探索の折も来た。前回、たどれなかった道筋が不思議なくらいすんなり分かった。ときを越えたような不思議な感覚に陥った。

遠くに雷の音、ふと空を見上げると明りだ。雲間を同じ方へ進む。はらりと火片が降る。逆さまにした彼岸花の雄しべのようだ。きっとあれは龍灯だ。東京で眼にしたのは二度目だ。懐かしい。心が震えた。緊張とか羞恥心が遠のく。するとにわかに雲が晴れ、夕暮れの神々しい輝きが辺りを埋め尽くした。やがて瞬く満天の星。しばらく見上げて佇んだ。


手紙は出しゃばった真似だ。けれど最善と決めて書いた。これでいいんだ。そのまま来た道を引き返した。


水曜日。大井和先生に〈姫プロジェクト〉の相談をした。

「九郎豊房伝説に姫の化身した乙女と海の民も登場させようと思います」と伝えた。

「いいじゃないか。まだなにか悩んでいる様子だね」

「昨日、暗雲に龍灯を見ました。でも未だに……。先生は心から奇跡を信じていますか。豊玉姫の魂が宿るとか、想いが受け継がれ連帯しているとか、やはり違和感がある。ミワ姉さんの巫女の力、確かにあります。だけど」

「まさかそれが体調不良の原因かい。なら〈姫プロジェクト〉にも差し支えるね。

これまで私はアフリカ、オーストラリア、南米チリ、インド、韓国、国内は青森、新潟、長野、四国、中国、それに京都都でも奇跡を見た。そのときは純粋に驚いたけれど、どこか懐疑的な自分がいる。だから同じだ。君はいろいろあったから反発も強いよな。

そうだね、普通に考えればとても簡単なことだと分かる。

私たちは普段、五感に頼っている。それ以外の交信方法には眉をひそめる。

生物は不思議な行動を取っているだろ。鳥の渡り、魚の回遊、イワシ玉、交尾後の死とか、種の存続のため未知の方法で交信しているとしか思えない。

文化、科学も進化、退化に関わらず、すべては変化している。心と同じように。今の常識なんて当てにならない。徳川家康に映画、電話、電子レンジを見せたら悪霊呼ばわりされて打ち首になるかもしれないだろ。すべては変わる。雷を見て電気があると気づく以前は電化製品なんてなかった。アインシュタインまでの物理は古典とされ、量子力学に基づいて様々な利器が生まれている。科学は脆いものだ。分からないことだらけだ。ハエ、凧が飛ぶ原理も分かっていない。宇宙の九割以上がダークエネルギー、ダークマターと呼ばれる得体の知れない物質と力に満ちている。

君が言う奇跡は将来、常識になるかもしれない。魂の存在も科学的に証明されるかもしれない。あっちもあればこっちもある。一個人の運なんて確率の問題かもしれない。人は白黒つけたがる。安心したいからね。でもそんなのは無意味だ。

いつだったか、君が言った。『壮大な思い込み』。大切なのは愛だよ。ときめきはすべてがひとつになったと肌で感じる至高体験をもたらす。真実を見せてくれる。

君はそれを知っているだろう。だから東京へ来た。ときめきを優先した。愛するから綿々と受け継ぎ場数を踏む。積み重ねだけが自信に繋がる確かなものだ。それがまた愛を育む。

生物は個であって個でない。波長か、粒子か、望む方に答えがある。龍灯は眼の病気で見えると思うのなら眼科の先生に相談すればいい。それでいい。もっと気楽に」

「先生、いつも親身になってくれますね。どうしてそんなに」

「さてそれは、その……、言葉にならないね。一番は君に初恋を見るからかな」


木曜日は喫茶『123《ひとみ》』。

「ミサちゃんのおかげ。今日のランチ、完売。お疲れ様。珈琲にしようね」

そこで扉の開く音にヒトミさんは声を張った。

「ごめんなさいね。ランチ、おしま……」とそこまでで途切れた。

なんと入口に立っていたのは初来店の旦那さん、仲林監督だった。妻のヒトミさんとカウンター越しに相対して座ると、店内を見回し、おもむろに口を開いた。

「こぢんまりして落ち着くね。そんなに驚くなよ。来たっていいだろ。ああ、言っとくけど経費節減の折、あっちの事務所マンションは解約したから」

「なに、それ。帰ってくるってこと」

「そういうことになる」と背筋を伸ばし言った。

「随分強気じゃない」

するとと仲林監督、ヘナッとしてカウンターに両手をついて謝った。

「すまん。いろいろ考えた末だ。早めに伝えたかった。いいだろ。そういうことで」

「あなたの決めごとに反対したことある？」

なんと仲の良い夫婦だろう。微笑ましい。そこで監督が真剣な眼差しで私を見た。

「どうだい。ミサちゃんも見習いな。我が妻の愛は姫なみだね。

〈姫プロジェクト〉、じっくりやろうな。豊玉姫と騒がれた君と大井和先生と仕事ができるなんて。めぐり合わせの妙だ。まあ私ら夫婦にはかなわないけどね」

「ばっかじゃない」とヒトミさん。

互いに我が道を進んでいても、ふたりでひとつ。長い恋愛期間を経て今や尊敬し合っている。自然に真実の愛だけになったようだ。つくづく素敵だ。

ふと思った。

「お互いのこと、どう呼び合っています？」

「ヨシよ」とヒトミさん。

「私はそのまま、ヒトミだ」と監督。

「姫の化身の乙女ですけど。自然な名前はありませんか」

「あるよ。とっておきのがね」とニヤリと笑む監督。そのまま沈黙。

「もったいぶらずに教えてください」

「豊玉姫だからトヨ。しっくりくる。でもこれだと芸がない。もう少しナイーブな可愛さがあって時代色も感じさせる響きが欲しい。そうだろ。そこでだ。ヒトミのトミ。どうだい。いいだろ。トミ」

「ばっかじゃない」とヒトミさんは頬を真っ赤にした。

「本当、いい感じ。豊房とトミ。いいですね」


金曜日。癖になった日課、早朝ジョギング。

いつもの駐車場横の小路。その日も気をつけて足元に眼をやる。

ふと淡い淹れたての珈琲の香りがした。立ち止まり伏せた顔を上げた。

なんとそこに彼がいた。

第三話

そらあおぐ

金曜日。癖になった日課、早朝ジョギング。

いつもの駐車場横の小路。その日も気をつけて足元に眼をやる。

ふと淡い淹れたての珈琲の香りがした。立ち止まり伏せた顔を上げた。


なんとそこに彼がいた。


なんで。どうして。分からない。奇跡。まさか。

夢で見たスーツ姿。印象は初めて逢った日と変わらない。彼が言った。

「明日、午前十時、明治神宮、大鳥居」

八年前に着地した。心は叫んでいるのに声にならない。ただうなずくだけ。胸が詰まって息苦しい。顔も歪んだ。目頭も熱くなる。情けなくて嬉しくて、なにをどう伝えればいいのか。

落ち着け、落ち着け。

「はい」と答えるのがやっとだった。すっかり動転して固まってしまった。

そのまま小路にひとり、突っ立っていた。

「明日、午前十時、明治神宮、大鳥居」

反復して反復して反復して、崩れるように尻餅をつき膝を抱えて残像を見ていた。

天空には龍灯が走り火片を散らしていたに違いない。

その日は必要以上に喋らずイラスト描き、喫茶『123』を手伝い、一日をやり過ごした。

賄いの夕食を終え、洗い物をしているとヒトミさんが覗き込んで広角を上げた。

「分かりやすいね。まったく」

土曜日。待ち合わせ場所に午前八時着。約束の二時間前だ。

待つのはなんともない。八年も待ったのだから。

正真正銘、神宮で一番大きな鳥居前。南側の柱に背を向けて立つ。眼を閉じると風に揺らぐ草木の音や観光客の異国言葉が心地よい。生命の息吹で溢れている。深呼吸すると淡い珈琲の香りがした。

「こんなに早く」と彼の声。時計を見ると八時半だ。笑った。

「そちらこそ。ごめんなさい、あのとき」と言い訳しようとすると遮られた。

「ああ、こちらこそ謝ります。あのとき、行けなくて。待ったでしょう」

「ええ待ちました。夜まで」

「別の場所だった」と図星された。

(どうして。なぜ分かるの。そもそもなんで今頃)

「父の生命の恩人。手紙、ありがとう。御子神ミサさん」

またもや唖然とした。八年前の彼は、私の探していた人は、曾賀遥一郎だった。


いつか曾賀のお父様が言っていた。

息子は君とは世代が違うと。まったく結びつかなかった。でももうなにも言うことはない。

「一目惚れした」と言われた。私の気持ちも同じと彼は手紙で知っている。ずるい。

互いに八年前から想っていた。


この奇異な現実を九郎豊房伝説と重ねてみた。

宵闇の二崎浜にいた豊房は姫の化身、龍灯に導かれ蓑島の両親の元へ向かった。

決めた。私も龍灯となってその日のうちに遙一郎さんをお父様に逢わせよう。そんなおせっかいを告げると、彼は渋々了解してくれた。神宮内を歩きながら軽く質問してみた。

「遥一郎さんは魂とか必然とか信じますか」

「信じるよ」

「言い切れるってスゴイですね。それって子供の頃から？」

「二十歳の秋、ミサさんに逢ってから」

カッと熱くなった。一瞬、永久を感じた。あのとき私も奇跡を体感したのだ。逢えなかった過去より今、そしてこれから。私も信じることにした。


「こんなことってあるのかね」とお父様が私たちを見た。

居間で珈琲をいただきながら大粒の甘納豆を食べた。

「大きいとお豆の味が活きますね。美味しい」と伝えた。

「覚えているか。母さんが好きだった」とお父様が言った。

遥一郎さんは返事もせず一粒、手に取って口に運んだ。

親子は私を通して会話した。これでいい。雪解け前だ。


彼はとても慎重で生真面目な人だった。嬉しかったのはその心の暖かさ、気遣い。デートは食事をして公園、港、水族館へと、まるで学生時代のようなお付き合いをした。初めて恋人同士で手をつないだ。

「誰かを好きになっても長続きしなかった。まともな付き合いは今が初めて」と言う。

そんなこと、どうでもよかった。このとき私を選んだのだから。

彼は言葉を尽くしてくれた。一度だけの家族旅行。幼稚園の女先生への憧れ。中学の頃のいじめ。母の死。家出。憧れていたからこその父との確執。食器棚にあった父の幸琲亭のサシェを盗んでまで身につけていた複雑な想い……。伝えようとする懸命さが嬉しかった。素直に受け入れよう。愛はかくも心をつなごうとする。

彼はときおり、とても冷たい態度をとる。人慣れしていないような、ぎこちなさを漂わせる。なぜかとても安心するからあえて伝えないでいた。するとこんなふうに言われた。

「ミサさんはときどき冷たい。器用じゃないからホッとする」

互いに同じ処を見て、同じ想いを抱いていた。

彼は人が幸せであるための住環境を常に考えていて語り始めると止まらない。仕事の虫だ。最初は根がブルジョア加減に気後れした。特上のマナーが仕草の端々に現れる。でも慣れてくると庶民感覚も垣間見えて面白い。七回目のデートでやっと共有する時間が自然に想えるようになった。優しさが身にしみた。少しドジで緩いテンポも似ていた。

彼は突然、謝罪をしようと言う。すぐに兄妹と偽ったままの香琲亭に向かった。ふたりして真実を打ち明けた。すると肩すかし。オーナーも須川さんも驚かなかった。あの寡黙なお父様がすでに予告していたのだ。「恋人として挨拶に来る」と。

胸をなで下ろすと呆れたような若い女性の声。

「手袋とか靴みたいに、ふたりで一つ。お似合いを通り越していますよ、先生たち」

「そりゃ、びっくりしましたよ。でもこちらとしては兄妹でも恋人でも構わない。おふたりが別々なんて考えられませんからね」とオーナー。嬉しかった。


彼は夢を語ってくれた。

「母さんのこと、よく考える。今はその分、ミサを幸せにしたい。

理想の街を創りたい。アイデアルサークルプラン。大学時代に考えた企画。生物学、人間工学、脳生理学、心理学、色彩学、デザイン学、地質学、歴史、民俗学、幸福学の専門家が総合的に知恵を出し合って住居､環境を提供する。人が豊かで幸せになれる街とはなにかを考える。我が国は風土も精神性も独特。自然、文化、人的遺産を活かせる街を創りたい。心の豊かさが、きっと幸せを育む。誰だって幸せになりたい。なら、そうなれる場を提供したい。幸福の最大公約数を多くの人に提供したい。そこで僕らもいっしょに暮らして愛を発信する。実現したらミサは絵や神話を子供たちに教えて欲しい」

「それは責任重大。もっと勉強しないとね」

「ミサの夢は」

「遥一郎さんが笑顔でいること」


彼は正直。それが長所で短所だ。通じ合うほど似ている。不安になった。

「一番辛い思い出は？」と聞いてみた。

「大鳥居で逢えなかったこと」と苦笑いで答えた。

「ほら嘘つき。やっぱり居たのね」

分かっていたけどわざと言葉にした。彼は私の手をとった。

大山の商店街を抜けて、オフィスビル街を過ぎ公園の高台に着いた。

心地よい風。ときの流れをふたりして受け止めた。夕焼けの後、陽の差さない薄明かり。

瞳の奥に互いが映った。現実と夢、身体と心、なにもかもがひとつになった。


やっとめぐり逢ったのに、三ヵ月して事件が起きた。

事態を予期していた気がする。いつかしっぺ返しが来ると。あまりに幸せ過ぎたから。

彼の会社でボヤ騒ぎがあった。幸い古い二階建てのビルで老朽化した水道管が破裂、金属片が窓を割り大雨も手伝って奇跡的に消火された。灯油が大量にまかれ明らかに犯罪の痕跡が見られた。翌日、お父様から連絡があった。

「息子の商社で横領が発覚した。経理担当は三名、その中に遙一郎もいる。本人は知らなかったと言っているが、もし加担していたら迷惑がかかるから関わらないように」

「遥一郎さんは不正なんてしません。あなたの息子です」

お父様が消え入りそうに囁いた。

「ありがとう。きっと妻も」


不審火は国税局の特別監査が入る前に起きた。不倫関係にあった経理長と営業担当が証拠隠滅目的で行なった犯行だった。銀行印偽造、社長サインの模倣など巧妙な手口を使い億に届く金を横領していた。

テレビのニュースバラエティーに取り上げられ、社名公表され会社の信用も失墜した。遥一郎さんは同じ部署にいながら数年前から行われていた犯行に気付かなかった。一切疑わず金銭面のすべてを任せていた。世間から責任が問われ仕舞いには「余りにも間抜け」「グルに違いない」と揶揄された。彼の純真は無視された。


事件発生後、彼は行方不明になった。連絡も取れず、なんの音沙汰もなかった。二週間してお父様から連絡があって幸琲亭に向かった。大山駅で合って久しぶりに少し笑んだ。

東武東上線の電車内でなにげに耐えられないことを言われた。

「昨夜、電話があってね。『僕は大切な人のために命もいとわない。父さんもそんなふうに母さんを愛したか』と問われた。『当たり前だ』と答えると切れてしまった」

「だったらどうして」と取り乱した。車両内の視線が私に集中した。

優しかった彼の記憶に胸が詰まった。やっと逢えたのに。

「遙一郎は大馬鹿者だ。こうと決めたらとことんやる。あの子には中庸というものがない。このまま姿を現さないだろう。この際、きっぱり忘れなさい」

「そんなこと聞きたくありません。とことんやるなら私も」と声がつまった。

そうやって自分を鼓舞するしかなかった。涙を拭いた。落ち込んでなんていられない。

お父様は痛みや憤りが混ざった複雑な表情をして笑んでくれた。


幸琲亭に着くとブレンドを注文してくれた。

ふと里の父に似ていると想った。どうしているだろうか。少し殊勝な気になった。

ウェイトレスの須川さんが珈琲と頼んでもいない手作りのチーズケーキを持って来た。その表情も覇気がなく沈んでいた。

「これまでお世話になりました。ケーキはお別れのサービスです。来月から店長のお孫さんが入ります。私はお払い箱。学校も卒業しますすし」

そんな彼女を見て、ほとんど即座に決心した。

「須川さん、就職は決まった？　大井和先生のアシスト、イラストの仕事、興味あるかな」

「もちろんですよ。憧れです。夢ですよ」

「だったら推薦する。引き継いで。あなたなら大丈夫。優等生だもの」

彼女は店内で狂喜した。店長に注意されてもクルクル回っていた。

お父様は一層深刻な表情でこちらを見た。

「それでどうする、ミサちゃんは」


こうと決めたらとことんやる。私もそうしよう。

遥一郎さんはもう身体の一部だ。

「いつかきっと」と信じて「そうあるべきよ」と声がする方へ進むだけ。

他は取るに足らない。心と身体に従順に歩いていこう。未来へ繋いでみよう。折れそうな心に言い聞かせた。


そんなとき豊前研究家の松本氏が上京された。大井和先生と雑誌対談。それに少しだけ私も〈姫プロジェクト〉の取材の時間をいただいた。「豊玉姫にプレゼント」と千田九郎豊房の物語を記した『豊前蓑島周防灘物語』を手渡された。

「君が御子神さんか。どうやら人を虜《とりこ》にする巫女力があるようじゃ。神や人を口寄せする市子ではないな。正直、言うたら神に捧げられる生け贄《にえ》の生娘か。すまん、すまん。悪気は無いよ。それほど純なべっぴんということっちゃ。豊玉姫もさもありなんか。その容姿じゃ。普通にしておっても瞳の奥が潤んじょるとか、夫に去られた姫の嘆きをたたえちょるとか、とんちんかんに見られるやろ。しんどいの。

ま、そういう勝手な言葉を浴びせられても気にせんこっちゃ。あんた幸い、人の痛みを汲む相じゃ。自ずと徳を積む」と顔をクシャクシャにしてなんども頷いた。

生け贄なんて言われたのに嬉しかった。早速、本を読むとドーパミンが溢れた。

「鉄は熱いうちに打て」だ。

九郎豊房の伝説をベースに『美夜古豊房伝・三刻一夜物語』の構想を書き上げた。大井和先生に目を通してもらった。すると「至急、仲林監督に」と言う。早速、監督にも提出。数日後、電話があった。

「私が映画にするまで他言無用。いいね、作家さん」

「作家なんて。トミさんを加えただけです」

「原案を考えたんだ。立派な作家だよ」

珈琲亭を辞めた須川貴子さんを大井和先生、小野寺氏、そしてヒトミさんにも紹介した。なんと喫茶『123《ひとみ》』の手伝いも引き継ぐことになった。

そうやっていつしか彼女は豊玉姫の妹、玉依姫ともてはやされることになる。

神話では豊玉姫の産んだ児を大切に育てるのが妹の玉依姫。実際、その通りで私を慕ってくれる妹は受け継いだ仕事を嬉々として遜色なくこなした。


夜、数年ぶりに母のいそうな時間を見計らって実家に電話した。

「はい、御子神です」なんと受話器の向こうの声は父だった。

「あ」としか言えなかったのに、私と気づいた。

「どうした。元気か」

「あの」

「母さんならミワと東風荘だ」

「……」

「ヨシコ叔母さんに電話してみるといい。じゃあな」

「待って。あ、あの、父さんは母さんのこと、どう想っているの」

「……大丈夫か、おまえ」

「聞きたい」

「なんで、こんな九州の田舎に越したか、分かるか。一番大切に想ったからだ。母さんを選んだ。だからまあ、そんなもんだ」

「帰ったら、なにがあったか話してくれる？」

「本当に大丈夫か」

そして私は遥一郎さんになった。心優しい彼は、大切なものを踏みにじられた。「愛する人たちに誠実であること」は彼にとってかけがえのない誇りだった。なのに濡れ衣を着せられて罵られた。死ぬほど辛かったに違いない。だから誰にも弁解しないで消えてしまった。今はどこかで「いつかきっと」と信じて歩いている。

力になりたい。なにかしてあげたい。いつか誇りを取り戻すとき輝くために。


私は帰郷した。

その足でヨシコ叔母さんの東風荘へ向かった。ありったけの誠意と真摯な心を伝え弟子入りを志願した。そして無理やり女中見習いにしてもらった。


突然の帰省に父母はなにも言わず昔のまま迎えてくれた。

長女も次女も笑った。三年の空白はいつの間にか解消された。

一番の変化は次女、ミカ姉さんの夫婦別居。実家に息子といる。私も帰省してにぎやかなものだ。長女のミワ姉さんは巫女の仕事が減ったと愚痴る。ふたりして私に言う。

「私たちスランプね。でもこうやって生きてりゃいいのよ。

あんたさ、盆も正月も帰らなかったでしょう。調度いい頃に帰ってきたのよ。それに東風荘の手伝いなんて安心じゃない。まあ、世間はいろいろ言うだろうけど気にすることない」


帰省してすぐに東風荘で女中見習いとあって、やはり街では良くない噂が立った。

「姫が毎朝、便所掃除やっているそうよ。芸能界で芽が出なかったのね。落ちたね」

こんな調子だ。でもかつてのようにひるまない。懸命に取り組んだ自信と愛さえあれば雑言なんて、どこ吹く風だ。

遥一郎さんはきっと「大丈夫」と言ってくれる。だから強くなれた。


やがて着物が変わり「若女将」と呼ばれるようになった。恐れ多すぎた。

華道、茶道はもちろん、小笠原流礼法を叩き込まれても習得ものろいし失敗ばかり。段取りも悪い。人の十倍、身体が覚えるまで繰り返し訓練しなければならなかった。情けなくて辛い。でも凛としていよう。彼が見ている。

機嫌の悪いお客様ほど良い気分にさせてあげようと努力した。笑顔で応えていると癖になってくる。これでいいと思った。最後まで愛想のないお客様もいるが、たまに笑顔をもらったりすると嬉しかった。誰にでも明るくしていよう。身体に叩き込もう。

曾賀のお父様から電話があった。彼からはなんの音沙汰もないそうだ。

「だから、もう自由にやりなさい」と言った。「はい」と答えた。


噂にはもう慣れたけど体調の悪い日にはさすがに滅入る。

「落ちのび姫」「出戻り三女」「くすぶり娘」とか言われている。気にしないと決めていても弱気になる。中でも落ち込むのは見合い話だ。親戚からの勧めを断り続けていたら、気に食わないと東風荘まで押しかけ説教された。

「なにをお高く止まっている。姫なんて持ち上げられて東京で失敗してノコノコ帰って来て。話があるだけでも有難いと思いなさい。恩知らずの生意気娘」とまで言われた。

精いっぱい邁進しているのに。決してそんなふうに見られない。

追い打ちで同時期に父の友人、東風荘の常連さんからも結婚話があった。再三、断っても仲人さんや口利きの人は攻めて来る。

そんなとき守ってくれるのはいつも変わらないヨシコ叔母さんだ。充分に相手の身になって話を聞く。その穏やかな物腰が伝染して最後には双方笑み合ってお開きとなる。上手にあしらう一部始終を見学すると惚れ惚れする。さすが女将。亀の甲より年の功だ。

空き時間を見計らって、ヨシコ叔母さんにお茶や珈琲のおいしい入れ方を習う。それは口実で唯一の休息時間だ。中居さんの手前、日頃は厳しい女将も叔母さんに戻る。

いつもは他愛のない会話に終止するのに、ある日、真剣に問われた。

「変わったよね。泣き言ひとつ言わない。両親や姉さんとも折り合いをつけて。でも不安よ。これで良かったのかって。

大井和先生、編集部の小野寺さん、仲林監督もヒトミさんも、口を揃えて言うの。ミサちゃん、もったいないって。活躍していたのね、あっちで。適材適所だったのね。

ここで頑張っているのは曾賀君のためでしょう。本当にそれでいいの。だって未だに行方も分からないし。結婚の約束もしていない。ありえないでしょう」

叔母さんの気持ちが痛かったから涙になった。

彼のために懸命になる。細胞のひとつひとつが共振する。ときめくのだ。だから私は私でいられる。この圧倒的な感覚を言葉にできない。

それから二年が過ぎてヨシコ叔母さんが引退宣言。自動的に女将になってしまった。料理長は叔母さんの旦那だし、ふたりの中居さんも不景気でバイト扱いになったから誰が女将になろうと文句も出ない。ただ未熟すぎる私自身が納得できない。

掃除や料理のお手伝いはもちろん、お買い物、メニューのイラスト描き、京都郡のグルメや名所・旧跡紹介、なんでもやって穴埋めするしかない。未だに鈍感でまだまだ要領も悪い。努力して、なりたい自分に近づくしかない。

華奢な荘だけれど隅々にまでそこはかとなく漂う品性。背筋が伸びる想いがする。これはひとえに引退と言いながら連日、顔を出す叔母さんのおかげだ。だから私が女将でも東風荘の面目が保たれている。少しくらいの不景気なんて気にしない。


どうしようもなく落ち込む朝もある。今日がそうだった。鼻がむずついてくしゃみが出そうになる。珈琲とロールパンで朝食を済ませ早めにジョギングする。身体を動かせば沈んだ心が晴れるからだ。思い立って、いつもの今川沿いではなく反対側にある長峡川沿いのコースを走ることにした。

遠く西の峯に雲がかかる。全身がだるくて足取りが重い。白い空の下に灰色の雲がうねり始めた。しばらく走って橋を渡り折り返す。当然、反対の東の空を仰ぐ。こちらの雲は天に近い。朝陽で輝いていたから西とは印象がまるで違った。

川原には彼岸花。緑草に栄える紅色。この光景は幾度も見た。姉たちに守られていた幼い頃を想い出した。適度な疲労感がなんとも心地よい。身体が温まり軽くなった。

再び空を見上げる。雲間に一瞬、女神が見えた。あやふやな輪郭でなく確かに髪を結った高貴な風格の女性だった。彩は無かったから流れる雲のあやかもしれない。でも確かにしっかり眼が合った。ゾクッとして、しばらく動けなかった。

羽衣をまとい、輝きの中に現れて、表情ひとつ変えず隠れた。

きっと豊玉姫だ。吉兆に違いない気がした。


安川通りにある会社へ出張の泊り客三名、早々にチェックアウトを済ませ九時前には居なくなった。宿泊の予約はまばらだ。本日の客はいない。女中さんは昼で上がってもらった。早朝のどんより気分が嘘のように失せて、ひとり玄関先を念入りに掃除した。

いつの間にか着物姿で現れたヨシコ叔母さん。

「精が出るね。おやおや、なんだか嬉しそう。良いことでも」

「ええ。気配を感じます。来ますよ、お客さん。今朝、豊玉姫に逢いましたから」

すると近づいてきて真顔で言った。

「図太くなった。スゴイね。それ愛だ。馬鹿だ、ミサちゃんは。東風荘は閉館するから。これまでよく頑張った。ご苦労様。着物の着付けも手馴れたし花嫁修業も合格」

「やった、ありがとうございます。なんて十年早いですよ。冗談はそれくらいにしましょう。伝票集計していますからチェックお願いしますね」

昼下がり、本当に予約電話があった。それも大井和先生からだ。仲林監督夫婦、小野寺さん、アシストの須川貴子さんも来ると言う。懐かしい。なんと明晩の宿泊と宴会予約。叔母さんは私から受話器を取り上げて「明日なんて急すぎる」と電話の向こうの先生を叱りつけた。ついでに世間話を続けた。それが藪蛇で「え、もう数名増えるって」と悲鳴を上げた。

結局、宴会に御子神家一同も誘われて三十余名になった。

早速、引退したヨシコ叔母さんの旦那も呼び出し、専属契約の食事処に連絡、突然の宴会に相談に乗ってくれる商店街の店主さんたちにも声をかけることにして門樋通りへ出た。

坂道を下りながら思った。期せずして明日は旧知の恩人たちに会える。

「ほら吉日になった。だから言ったでしょう」

すると耳元で囁く。

「そうあるべきよ」

きっと豊玉姫だ。それはもう間違いなく山瀬さんの声なのだ。なぜかその音色が「片意地張ってない？」と響く。「そんなことないよ」と笑って言える。

正八幡神社の鳥居が見えた。感謝のお参りを思い立って社への階段を登った。ふと雲間にうねる明かり。あれは北斎、遺作の天翔ける青龍みたいだ。龍灯に違いない。火片が散り、そのひとつが正面奥の社殿に降った。しっかり眼にしたのに幻と疑う。

こないだアレルギー性のかゆみで眼科へ行ったとき光が見える眼病について聞いてみた。網膜と硝子体の癒着で起こる光視症だ。頭を打ったり、睡眠不足、過労などが原因らしい。タンコブは造らないものの、寝つきは悪いし雲間に姫も見た。おまけに龍灯、火片《かへん》も降ったと、ため息を漏らしながら歩く。揺れる木漏れ日。手かざしして天を仰ぐと雲の隙間からキラリ輝きが瞳を差した。お陽様と眼が合った。一瞬辺りが真っ暗になった。

幸せを感じた。あれは海の輝き、空の洸《こう》だ。間違いない。

「眼病でもいいや」と声になった。

「だから、もう自由にやりなさい」

ふと電話越しの声を想い出した。曾賀のお父様が言った言葉だ。

あのとき、「はい」と答えた。その続きが言えなかった。

「ですから今も遥一郎さんを力いっぱい……」

うつむいた眼を上げて正面を見た。遠く社殿の方から男性が向かって来る。

あれは、あの歩き方、あの人は……。
花束を持っている。カスミ草の真ん中に赤と白のふたもとの曼珠沙華。
あんなもの、花束に入れる人はいない。でも彼なら選ぶかもしれない。
この際、紅色の不吉なイメージはどうだっていい。
「また逢う日を楽しみに。思うはあなたひとり」
彼にはそんな花言葉を告げたから。

あれは、あの歩き方、あの人は……。
こちらに気づいて一瞬、立ち止まり大きく手を振り力強く向かって来た。
もう立っていられない。
曾賀遥一郎さんだ。
涙で前が見えなくなった。

遥一郎さんは頑固で冷たい処もある。でも誠意ある人だ。ボヤ騒ぎ横領事件の後、身を隠した彼は今こそと動き始めた。取引先の伝手で建築会社に嘱託で雇ってもらい、実現可能な住宅計画の企画やプランを大学や大手企業に売り込み続けた。父親にも告げずに困難や挫折に耐えて横浜にアイデアルサークルプランの糸口を見つけた。プレゼンテーション依頼、企画参加要望があったのだ。そこでようやく現れたのだった。

もちろん彼はその場でプロポーズして私の両親に結婚の許しを乞うた。


「十三年前、私はミサさんに一目惚れしました。命よりも大切な人です」

と始まった両親への挨拶はとてもぎこちなくて、でも誠意だけは存分に伝わった。

母は苦笑い。父もなんだか圧倒されて意味不明な返事をした。

「それはどうも。お疲れ様」

私たちは八年、想い続け、三ヵ月、恋して、五年、遠く愛した。

だからこれからだってなんとかなる。

もう少し、お付き合いください。

思春期は悪い方へ考えて、すねてばかりでした。それが大鳥居の間違いを知って、女神の福禄に気づきました。「逢える」そんな未来の記憶にかけよう。愛してみよう。

変わるきっかけなんて屁のようでした。本当にバカみたいでしょう。笑えますよね。私の辞世の言葉はベートーヴェンの「さあ喜劇の終焉だ」をお借りします。

この世は想い通りには運びません。なにが起こるか分かりませんもの。「一寸先は闇」かもしれず「前途洋々」かもしれない。だったら明るい方がいい。ときめく方がいい。十年に一度くらいは良いこともある。それくらいの心持ちで因果応報と繋がれば楽になります。

そんな心持ちが久々に萎えました。出版された小説の一篇『辻橋通り奇譚』に私の実名とともに愛の記憶が記されていたからです。寝耳に水でした。読んでみると、あまりに細切れで半端な記述に、ため息が漏れました。

彼岸花が血染めに映った理由は三つありました。
○まず名前。本名ミサ、漢字だと美紗。それなのに美沙と記しています。大切な名を作者は学生時代からこう記憶していたというのだから、もう本当に。

○次は年齢。遥一郎さんがプロポーズに現れたとき、私は二八歳。それなのに三十路過ぎと記しています。大切な節目なのに。
○最後に遥一郎さんのこと。断りもなく大切な愛の小箱を開けておいて彼の人となりがひとつも記されていません。これは仕方ないのですけれど。
最後は特に自分のことではないからおさまりがつきません。ときが過ぎても癒えないのでした。とうとう作者さんに打ち明けることにしました。

すると「落とし前をつける」と言うのです。別に脅してなんていませんよ。お詫びにこの本を企画してくれました。戸惑いもありましたが、じっくり考えた末、了承しました。


語り終えて淹れたての珈琲をいただくことにしました。

作者は苦笑いしながら言いました。

「お疲れ様。本当に済まなかった、初恋の人の名を間違って覚えていたなんて呆れてものが言えない。でも話してもらって正解だった。公表を了承してくれてありがとう。

愛が伝染するのは悪くない。忠恕とか愛の根源原理とかの説明より分かりやすい。これで私の失態も役に立った」

「そもそもこんなお話、作品にして大丈夫ですか」

「願ってもない。君と豊玉姫は予定調和の典型だ。姫が出産した場所と伝えられる沓尾の姥ケ懐には、かつて七曜石という岩礁があった。七曜とは太陽、月、火星、水星、木星、金星、土星の七つの星の総称でね。推古朝に木星が美夜古の地に降った伝説もある。また姫を祖とする皇室の称号、天皇は北極星、北斗七星を神格化させた北斗信仰と関わりがある。我が国では奇数の九は最高位であまりにも恐れ多いから、七を最大の吉とした。不可能を可能にする数とも認識されている。

君には掛け値なしに味方する男女が、なんと七人ずついる。みんな挫折も味わっていて、君の愛に感化された人たちだ。愛以外に真実にふれる道なんてないからね。

曾賀遥一郎さんはパートナー、山瀬ユウさんは君の合わせ鏡だから外すよ。

女性は、母親、ヨシコさん、ヒトミさん、城戸さん、須川さん、それに姉のミワさん、ミカさんの七人。男性は、父親、大井和先生、仲林監督、小野寺さん、曾賀のお父様、毛利くん、それに幸琲亭のマスターの七人。これは本当だろ。疑う余地がない。

あの頃、固定電話しかなくて、文字やイラストをデータ送信もできない不便な時代だった。高度経済成長にバブルの崩壊、パラダイムシフト（価値観の変貌）の只中で混迷して誰もが自分のことで精いっぱいの時代に、これだけの加護は奇跡的だ」

「本当に感謝しないといけませんね。でも幸琲亭のマスターは違っているような…」

「そうかい。本人が言うのなら間違いないか」

「否定していませんよ。なにかある気はします。それってなんでしょうね」

「そうだね。連なり、『和』かな。我が国は天津神、国津神と神もふたつ。どれも両立して和合するか、共生しているよね。それに三人兄弟の神々が多い。神話も記紀とふたつ。これも中は活躍せず長子と末の子が対立、後に和合する。土着の民、大陸からの民、海の民と様々を受け入れて混血し、多様性を尊重した。四季があって豊かな土壌と清水に恵まれ太陽、海、山と八百万の神に感謝し崇めた。四方を海に囲まれ火山国で災害も多く団結するしかない。他国と地続きの大陸とは比べものにならないほど争いも少ない。人種差別による民族抹殺・ジェノサイトとか征服という言葉自体もなかった。大和言葉は感謝、祝詞、愛の詩歌を美的に表現するために進化した。他国の言葉のように伝達が主な目的じゃない。

天災も恵みも多い島国では話し合い和するのが合理的だ。今も災害後に自分のパンを子供に渡す老人の姿は珍しくない。戦前のリーダーは我が身を呈して働く誇り高い人物が多くいた。風土によって人は自ずとそういう体になる。君主、人民ともに幸あれと祈り合う。

天孫族の山幸彦と海の女神、豊玉姫の御子がウガヤフキアエズノミコト。その御子が豊玉姫の妹、玉依姫と添って神武天皇を産む。異族同士で混血した御子を長にしてその男系遺伝子を今も受け継いでいる国なんて世界に例を見ない。和合する心が生きている証しだ」

「ここ京都郡には記紀にない伝説があるんですよね。大井和先生の受け売りですけど、豊玉姫が出産時に夫に姿を見られ海神の宮へ帰った後のこと」

「そうなんだ。『普智山等覚寺由来記』に普智山の青龍窟にて弥勒菩薩となったとある。豊前の田川郡、京都郡、仲津郡一帯は王都として土着の民、海人、秦氏、その他と民の坩堝《るつぼ》だった。特に灌漑《かんがい》技術、農業、養蚕、多様に集合させた思想など大陸の文明、文化を持ち込んだ秦氏の影響は大きかった。香春岳《かわらだけ》を中心にヤハタの神、母子信仰、シャーマニズム、道教、弥勒菩薩信仰、古代キリスト教、景教などと習合させた。私宅仏教をベースに、その後に公伝した伽藍仏教の影響もある。もちろん風土も関連している。様々な民族が他を圧する争いよりも、受け入れる寛容、和合を優先した。でも私たちは私たちの根源を捨てなかった。誇りはこの一点にある。古代から女性を山の神とするのも合理的だ。出産後、母性を発動してEQ（心の知能指数）が上がるからね。母性は無償の愛がベースだ。それらが重なり合って姫は我が子を妹の玉依姫に託し、弥勒菩薩となった。我が身を挺して民に奉仕する道を選んだ。強制されたんじゃない。

　これはもうヒーローだね。豊玉姫は行動で示した、なにがあろうと愛の実践が尊いと」

「すごいですね。とても真似できません。私はみんなに支えられているだけ」

「そうでもないよ。君は連鎖を生きている。内なる声に従った。それは言葉じゃない。刻まれた生命の声に反応して、愛と呼ばれる集合体としての行動を取っている。はたして豊玉姫の行為は神仏に帰依した者だけの特別なものか。違うよね。生物であれば利己と利他は同等に共存する。個の充実がすべてじゃない。生物の目的は種の保存だから。君を通して姫を知れば誰もが自身の内にある献身的な本能にも気づく。そうすれば明日は報復の連鎖を食い止める英知を感得するかもしれない。

それに私のミスさえ包み込もうとしてくれている。そう考えることにした。

君に間違いを指摘されて『紗』と『沙』を並べてみた。すると気づいた。両方とも姫だと。君を傷つけといて不謹慎にも託言を考えつく自分につくづく呆れ返ったよ。でも、それで前を向けた。謝るだけじゃ足りない。真実の物語を書こうと決めた。

『紗』は繊細で肌触りの良い美しい絹を表す。京都郡はかつて人口の九割が秦氏族だった。姫は天皇の祖で秦氏と親密な関係がある。彼らが大陸からもたらした技に養蚕、絹折がある。『沙』は白く輝く砂浜のサラサラとした細かな美しい砂を表す。姫は沓尾の姥ケ懐で出産したと伝えられる。潮採りの神事が行われる由緒ある美しい砂浜だ。

織物を表す『紗』と砂を表す『沙』。どちらにしても豊玉姫だろ」

「それは面白い。漢字の妙ですね。実は日頃から言葉に不信感を持っていました。言い訳や言い争いをすると、つい嘘をついてしまうでしょう。仕草や瞳の輝きの方が正直。そう想っていました。でも言葉を尽くすのも捨てたものじゃないですね」

「近頃は簡潔に伝える技を競う。誰もが紋切り型に慣れしまう。安易で分かりやすいから。苦労して多くの言葉を味わえば豊かになれるのに。短く伝えるより、言葉を重ねて誠意を尽くす方が大切だと想う。心を込めて文章にしてみるよ。君の愛のためにね」

眼の前の先輩に言った。

「守り人、七人います。眼の前にひとり。御地先輩です」

「もしそうなら誇りに想うよ」

さて、その後の愛の行方は頭髪の悩みとともに風の如くといたします。

いくら重ねても限がありませんからここらで。閉まっておいた小箱の大切な火片たちに、お付き合いいただいて、ありがとうございました。

三刻一夜物語

美夜古伝説『豊房とトミ』

応永六年、一月十日の宵闇。豊房は夜警を任され二崎の浜にいました。
眼前の海原に北から蓑島山、城ガ辻、鷺山《さぎやま》と三連山の蓑島があります。
万感の想いで鷺山を眺めていました。

「父母はあの山の麓に暮している。達者でいるだろうか。
温厚だった祖父を継ぎ長となった父は杓子定規にことを進める。
祖父は掟に違反した者にも温情を持って接した。
対して父はたとえ軽度な罪であろうとも厳しく罰した。
集団から随分離れた岬の突端に一軒、アマベ家があった。
父は長となってすぐに、アマベの家族に代々暮らした土地と家を捨てさせた。
戦乱の世、有事の際に一丸となれないのが理由だ。岬の守り番は交代制にした。
このような合理的で早急な判断は恨みを買い悪評の波紋を広げた。
融通のきかない父を心優しい母は気丈に支えた。
文句ひとつ言わず笑みを絶やさず父のせいで諍いを起こす人々を見舞った。

なんせ古参は独断を嫌う。母は門前払いされ、石を投げられることもあった。

その労たるや、いくばくか。気負う父も老いた。寒空に雪も舞う。病に倒れてはいまいか。

想うだに胸が痛む。内藤又次郎様に伴って帰郷も叶わず早五年。

二崎に陣をとりながら戦火に船も出せず口惜しい。逢って一言、無理をせぬよう伝えたい」

うるむ瞳で暮れなずむ天を仰ぐと、にわかに暗雲低く垂れ込めるのでした。
あらぬ気配に四方八方見まわすと西の普智山あたりから明かりが現れ、
うねりながら雲間に見え隠れして簑島を越え周防灘へと隠れました。
次には水平線に弧を描く閃光が走り数百の明かりがいっせいに立ち登り、
天空で乱舞すると炎の青龍二体となって、しめ縄のごとく渦を巻きながら、
一方は沓尾の七曜石を経て姥ケ懐《うばがふところ》に、もう一方は竜姫宮に姿を隠したのでした。
炎が散らした火片たちがゆっくりと幾筋も舞い降り海原を満たします。
驚くことにそれらは徐々に集合し二崎から蓑島へと一筋に連なりました。
するとその海面は洸と輝き波打ち、ふたつに割れて真の路が現れました。
宙に留まっていた火片がひとつ、九郎の元へやって来ます。
眼を凝らすとそこには、くるぶしの上あたりまで海に浸かる乙女がいるのでした。

豊房は眼前の奇跡に、ただただ手を合わせました。

「なんと伝説の豊玉姫様。ありがたいことです」

乙女は頭を横にふりながら澄んだ声で言いました。

「千田九郎豊房《とよふさ》様。トミでございます。父、サクゾウともども、嵐の夜に助けていただきましたアマベのトミです。さあ、ご両親のもとへまいりましょう。話は道すがら」


よくよく見ればトミの面影。

「なんとも麗《うるわ》しゅうなられたな」

乙女の白い頬が紅色に染まりました。豊房は続けて過去の過ちを詫びました。

「私が出しゃばった真似をしたばかりにサクゾウ殿は刺され、まともに歩けなくなった」

「いいえ、悪いのは私。父が気になり母の静止も聞かず、のこのこ後をつけてしまって。賊ともみ合う父を見て思わず叫び捕まってしまいました。豊房様が現れなかったら」

「もっと良い手があったはず。嵐の中、トミさんを見かけて後をつけ、サクゾウ殿に短刀を振りかざす男に思わず突進した。策もなく、つい身体が動いてしまった」

「父は足を刺されましたが、おかげで賊の短刀を奪い仕留めることができたのです。もうひとりの大男に捕らえられ鷲山に連れ去られようとする私を豊房様は助けに来てくれました。本当に嬉しかった。嵐の闇の中、大男を追い詰め退治してくれました。まるで伝説の役小角《えんのおづぬ》様か烏天狗のようでした。どうしてあんな神がかりができたのですか」

「鷺山は庭みたいなもの。毎朝、日の出を拝む場所だ。素振り用の木刀も岩場に隠していたし、あの山なら木々の枝から岩形、地形まで熟知している。悟られず身を隠す岩場も、尾根を通る山越え路も、ぬかるみで足を取られる坂も、すべて心得ていた。夜陰に紛れて叩き、崖に追いやり海へ落とすくらい朝飯前」

「おかげで私はここにいます」と笑んだ。


身にしみる寒さにも関わらず寄り添い歩くふたりの心中はことのほか温かいのでした。

「父上、サクゾウ殿はその後、御健勝であろうか」

「ええ、豊房様には感謝ばかりでした。元気にしておりましたけれど昨年、長月の十三夜、急な病で亡くなりました」

「それはなんとも。重ね重ね、すまぬ。お悔やみ申す。代々住み慣れた家と土地を捨てさせたのは我が父だ。口惜しかったろう。トミさんの家族には辛い思いをさせた。空き家となっても心配で出かけたサクゾウ殿の心情を思うと心が痛む」

「確かに父は守り番のアマベ家を誇っていました。でもあの家はどこもかしこも朽ちていてとても不便でした。姉たちや母も新居がありがたかった。もちろん私もです」

「なあトミさん、みんなが幸せに暮らせる太平の世は来るだろうか。武家は絶えず争い、野盗は数を増し、アラビトガミの天子様までもが南朝、北朝と別れ対立している。男はみな戦で命を落とす。誰もが疑心暗鬼になる。私は縁あって大内義弘殿に仕える果報者。広く隣国とも親しくし、太平の世を願う守護大名だからだ。他を圧する度量がある。将軍、足利義満様としてはさぞ疎ましかろう。出る杭は打たれる。波風立たねばよいが。

我が父も悪人ではないが強引なやり方のせいで不満を買うている。なんとものう」

「そのように豊房様は温和な祖父様、勝気なお父様の心を汲み一喜一憂し生きておられます。我がアマベ家の憂いも知ろうとなされ、これからの世にも想いを馳せていらっしゃいます。それに我が父を救うため、とっさに身体が動いたのですよね。普智山青龍窟と沓尾《くつお》の龍姫宮に祀られております豊玉姫と妹の玉依姫の深い想いが宿る証拠です。

そんなあなた様だからこそ今宵も姫が龍灯となって導いてくれるのです。

我が身を挺する美夜古心さえあれば神霊の守りも得て混乱の世は変わりましょう」

「そうであれば嬉しいが。トミさんは幸せか」

「ええ、こうやって逢えましたもの」

豊房は頬を紅くしました。トミは少し間をおいて続けました。

「豊玉姫伝説や美夜古心を説いていただいたのは豊房様のお父様なのです。日の本で暮らせば人が人を慈しむと教えていただきました。

実を申せばお父様は昨年、長月の十三夜から病に伏しておられます。恨みを買うようなやり方をするから自業自得と噂になりました。多少、一刻なだけで優しい方ですのに。しゃくに障りましたからこれみよがしに白昼、お見舞いに日参しております。安心なさいませ。ずいぶん回復なされました。今宵、あなた様に逢えばきっと…」

互いに胸がいっぱいでこれ以上言葉になりませんでした。

豊房はふと振り返りました。明かりの路が続き、その両脇には静かにこんもりと盛り上がった凪の水面が輝いているのでした。

「トミさん、ここは黄泉《よみ》か常世《とこよ》ではないのか」

「いいえ、現世《うつしよ》です。あなたも私も海も路も確かにここに」

「夢を見ているようだ」

「もうすぐ蓑島の浜。一旦お別れしますが、お迎えに参りますまでごゆっくり」

思いがけない息子の帰省に父母は狂喜しました。伏していた父は半身を起こし、身振りも交えてよく笑い憎まれ口も叩きました。母はなにを語っても終始、涙をこぼしうなずき、口を開けば「風邪はひかぬか、食うものはあるか、辛い思いはしていないか」と尋ねるばかりでした。あまりの嬉しさに、ときの経つのも忘れてしまいました。

親と子、存分に語り合い満ち足りた想いで溢れているところに、「そろそろまいりましょう。浜におります」とトミの澄んだ声が届きました。その声に気づかない様子の父母に名残り惜しい別れを告げました。

すっくと立ち上がった豊房は意を決して両親に告げました。「無事に帰れたらアマベのトミさんを嫁にもらいたい」なぜか困惑する父を尻目に母はこのときばかり背筋を伸ばし言いました。「ええ是非ともそうなさい」

月が水面に洸と輝く帰り路、豊房はトミの前を黙ったまま歩き続けました。『このままでは思いを伝えぬまま二崎の浜に着いてしまう』と焦るほどに言葉が出ないのでした。

そのとき、ふたりは周防の沖に異様な気配を感じました。「豊房様、船団のようですね。漁火も灯さずこちらへ向かってきます」「あれは小早、四十余艘。この静けさ、一糸乱れぬ櫓《ろ》さばき。手練揃いの能島村上でなければよいが。蓑島城へ夜襲の気配。一刻も早く城主、杉弘信殿に告げねば」「それは叶いません。後戻りすれば海の路は失せてしまいます」そこでふたりは低く身をかがめました。やがて船団は簑島を囲むように二手に別れました。

しかしこちらへやって来る船団の侵入は叶いません。海の路が遮《さえぎ》っているからです。

向かい来る二十艘ほどの船はまもなく路に阻まれ立ち往生しました。いきなり沖の船団が静寂を破りました。すると内海からも船団が現れ、海の路を挟んで対峙しました。それをきっかけに内海からも応戦、瞬く間に互いの飛び道具がふたりの頭上を乱れ飛びました。矢とともに焙烙《ほうろく》玉が放たれたのです。

そのとき豊房はドッと立ち上がり、大声で叫びました。

「やめろ、やめんか。今宵、周防灘の戦は御法度だ。この黄泉の路を見よ。海神《わだつみ》の女神、豊玉姫の御心を。かつて常世と現世を隔てた姫が、この海原に路を架けられた。示現したまう聖地に弓を引くか。不浄の血で穢《けが》す気か」

しばしの静寂の後、沖の船団だけが再び矢と焙烙玉を放ちました。

豊房はトミを身体で包むとそのまま二崎の浜へ走ります。

「生涯、離さん。よいな」

トミもしっかり胸にすがりました。


内海の船団は一切応戦することなく、ふたりに続きました。

沖の船団から放たれる矢や焙烙玉は容赦なく豊房とトミを襲いましたが傷つくことはありません。ふたりの周囲を取り囲むように次々と火片が現れ、矢や玉を炎で遮るのでした。やがて火片たちは渦を巻き、螺旋《らせん》の柱となって立ち登りました。矢や焙烙玉だけでなく、沖の兵が持つ弓も刀も瞬く間にその火柱に吸い込まれます。同時に水平線には再び数十、数百の龍灯がいっせいに現れました。やがてすべてが火柱と一丸となり猛り狂う青龍のように沖の船団に襲いかかりました。穏やかだった凪《なぎ》は大きく波打ち、嵐を呼び、渦となり、炎とともに船を襲うのでした。難を逃れた数隻は命からがら退散するほかありません。

不思議にも海の路を隔てて内海は凪のまま。船団と豊房たちは沖の地獄を眺め、海神に手を合わせました。

命からがら引き返そうとする沖の船から、ひとりの武者が豊房に叫びました。

「お主、どうやら天を味方につけたようだな。名をうかがいたい」

「千田九郎豊房」

「おお千田殿の御子息か。わしは斯波《しば》為朝。

忠告しておく。生きておれよ。この戦乱、一番の大事は命じゃ。死んでは元も子もない。

宿敵ながら大内義弘殿は血気盛んな誇り高き名武将。守護大名まで上り詰め、交易で利を得る才にも長けておる。しかし切れ者は疎まれ敵をつくる。

くれぐれも潮時を見計らうことじゃ。志はあっても死んでは元も子もない。貴殿のようなお方が世を担うのじゃ。生きておれ。また逢おう」

トミとともに浜へたどり着くと岩場の向こうからドスドスと太い足音が迫りました。

その影は豊房の前までやって来て仁王立ちしました。眼を凝らすと驚くことに、あの嵐の夜の大男ではありませんか。

いきなり豊房に大上段から木刀を振り下ろしました。

とっさに左脇に避けた豊房は大男の横腹に蹴りを入れます。反射的に巨漢は木刀を真横に振りながら前かがみに崩れ両膝をつきました。すかさずその背に飛びかかり首に右腕を回し締め上げます。懸命にもがく大男の背にしばらく留まりましたが、結局は振り落とされ万事休すとなりました。

そのとき「やめんか、トラ」と暗がりから松明を持った壮年の男が現れました。

男の眼球はことのほか澄んでいて、仄《ほの》かに優しさと品格を醸します。白くなった髪、あご髭、辛苦が刻まれた深い顔のシワには威厳が宿り長の風格を漂わせていました。

こともあろうにその後ろには大勢の男衆を従えています。内海にいた船団の者たちでしょう。その身なりからして賊に間違いないのでした。

豊房はトミの前に立ちはだかったものの今度こそ成す術がないのでした。

長は丁寧に一礼して話し始めました。

「千田九郎豊房殿。ご心配にはおよびませんぞ。

生国は豊前、仲津。義の字を背負う水軍の端《はし》くれ。アザミの斎蔵と申す」

豊房はその名にたじろぎました。

「あなたが。お噂は耳にしております。杉弘信殿も一目置く噂の義賊、アザミの長。水先案内を主として、赤目や豊後の雑魚の賊行為を諌める。その善行は豊国全土に知れ渡っております」

「いや、いや。こやつのことはお許しいただきたい。先に挨拶すると走り出た。ざまあない。トラは阿呆だが悪気はない。出来の悪い奴ほど可愛いものでな。

まずあの嵐の夜をお話せねばならん。実はアマベのサクゾウ殿は我らのご意見番であった。毎年恒例で長門への酒樽運びがある。その時期になると寄贈酒がアマベの家に届く。あの年はアマベ家が越したことを知りながら空き家の方で受け渡すと連絡があった。運ぶだけならと剛力のトラを使いにやった。こやつの話によると空き家には酒屋の身なりをした男が酒瓶を用意して『嵐が去るまで休め』と酒を勧めた。元来、酒好きなトラは断れず飲んでおった。そこへサクゾウ殿が嵐にも関わらず現れた。男の奇異に感づき寄贈酒を舐めてみた。これがオモトの根茎毒入りと分かった。元々、巫《かんなぎ》の家系、本草学にも長けておった。男を叱咤しているところに娘が現れ、突然男が短刀を振り上げたとき、豊房殿が現われ男に飛びかかった。このトラはしこたま酔っぱらっておって、目の前で起こる事態が把握できん。とりあえず娘を助けようと小脇に抱えて逃げた。こやつに悪気は無いのだ。勘弁願いたい。おかげでサクゾウ殿は怪我だけで命拾い。毒入り酒も出回らずに済んだ。

この事件があってから豊房殿を付かず離れず見守らせていただいておる。どのような悪童かと思うたが大間違いであった。

あれから五年、よう忠臣なされた。大内義弘守護大名家臣、杉弾正弘信様のもと、今日まで帰省も叶わず数々の武功を立てられた。

それにまた今宵は女神、豊玉姫の霊力までも味方につけられた。姫の乾珠満珠、龍灯はただの言い伝えではなかった。『正しき者は万物と共にある』これは真であった。この眼ではっきりと拝見した。感無量とはこのこと。

このアザミの斎蔵、これまで通りに陰ながらお味方させていただく。

われら昼夜を問わずイサヤマ連山に見張りを立てておる。今宵のように海原の異変はもとより窮地には必ず駆けつけ申す。総勢二百余名、手足となり申す」


浜にいる男衆全員が豊房のもとに片膝をつき頭を垂れました。

豊房は恐縮し言いました。

「みなさん、おやめください。このような若輩者に。

それにトラさん。さぞ痛かったでしょう。先程も失礼しました。お許しください」

すかさずトミも頭を深々と下げました。

「私はアマベサクゾウの三女でございます。トラさん、あの夜、助けようとしてくれたのですね。勘違いしてごめんなさい。堪忍してくださ い」

トラは頭をかき照れ笑い。男衆のひとりが大声を張り上げました。

「『やめろ、やめんか。今宵、周防灘の戦は御法度だ。この黄泉の路を見よ。海神《わだつみ》の女神、豊玉姫の御心を。かつて常世と現世を隔てた姫が、この海原に路を架けられた。示現したまう聖地に弓を引くか。不浄の血で穢す気か』。

上出来じゃわ。海神の女神様には逆らえぬ。然りじゃ。恐れ入ったで。

いやはや、爽快極まりない。素直な心意気は心に響きますぞ。

普段は照れくそうて言えたもんじゃねえが、わしらは親方に惚れちょる。その斎蔵殿が見込んだお方ならそれで充分。お見かけしたところ貴殿も惚れちょるな、傍らのアマベの娘さんに。豊玉姫のように麗しいからの。お似合いじゃ。この寒空に熱いこっちゃ」

とみんなで大笑いすると、斎蔵が口を開いた。

「今宵は愉快じゃ。正直に言わせてもらおうか。九郎殿は忠義心だけで大内殿、杉殿、内藤殿に仕えておるのか。その善悪ともにひっくるめて心栄えに惚れたからであろう。

わしも惚れたのだ、千田九郎豊房殿に」

「なんとも、もったいないお言葉。ならば、ぜひともご教授願いたい。先ほど敵将の斯波殿が世の大事は命であると。斎蔵殿はどうお考えでしょう。人の世の大事とは」

「大に屈せず小を助ける。大とは強権も己の弱さもありますぞ」

「いかにも。しかし命を落としては」

「なんの。義のため我が身を挺する。それが己をも生かすのです。真の魂は語らずとも面々と受け継がれますぞ。集えば長が必要。長は忠恕《ちゅうじょ》の道を歩む。さすればいつか必ず争いも失せる。最も大事は弥勒菩薩となられた豊玉姫の心。この斎蔵はそう考えます」

「然り。無償の母心、美夜古心、大和の魂あってこその命ですね。肝に銘じます」

「なに豊房殿はもう体得しておられるよ。さらばじゃ」


豊房はいつしか浜にひとり。気づけばトミもいません。

海の路も跡形もなく失せていました。

周防の海はなにごともなかったように静かでした。

浜辺に沖へ向かう小さな足跡が寄せては返す波にのまれています。

頬を思い切り叩いて「夢ではない」と声に出しました。

もう夜が明けると、なごり惜しい浜を後にして陣へ戻りました。

「さて内藤又次郎殿にはどこまで報告しようか」と思案しながら。

千田九郎豊房が内藤氏の元へ参じてみると、明けるどころかまだ戌の刻（午後七時半ころ）。

すべてはほんの三刻（一時間半ほど）の出来ごとだったのです。

その夜、あまりの不思議に内藤氏にすべてを打ち明けました。

氏は「警備を疎《おろそ》かにしたのは遺憾だが軍の誉れ」と大いに悦びました。

残された注進状は刻にふさわしい断片だけでした。

以来、蓑島《みのしま》はウミノシマ、トキウミ（時産み）、ナガイ（長居）などと言われ、「ときを越えて豊玉姫の示現する霊場」と知れ渡りました。

こうやって豊房とトミの物語は伝説となったのです。


この年、世に名高い『応永の乱』が起きました。九十日の大兵乱を経て十二月二一日の堺城攻防戦にて名将、大内義弘の討ち死で幕を閉じたのでした。

世はまさに栄枯盛衰。その渦中にありながら千田九郎豊房はその後も存続なった大内家に仕え、蓑島の南、沓尾にて名家の誉れ高い千田家の祖として剛直でありながら人望厚く、穏健に暮らしたということです。

最後に、父母が豊房にどうしても言えなかった事実があります。

昨年、長月の十三夜を境にトミは忽然と姿を消し、行方知れずとなっていたのでした。

『豊前蓑島周防灘物語』（日本観光情報）ｗｅｂ出版より

松本健二著

「千田九郎豊房は豊前国蓑島の人也。

杉弾正弘信、豊前の守護たりし時、追従して長門国豊田にありしが、
近年相続いて軍役、暇なければ父母の対面も叶わず。

心憂くておりたりしに応永九年正月、内藤又次郎に伴ないて鶴の湊に在陣す。

よき折節なれば蓑島に渡り、父母に対謁せばやと思いけれど陣令厳ければ、かりそめに往くべきにもあらじ。空しく光陰を送りけり。

或る時、海辺を警固する事ありて、幸いと思い、便船を求むれど漁夫は厳法を畏れて肯わず。

時しも正月十日の黄昏に夕潮の湛えたれば、鹵地《しおち》を往かむも叶わで、蓋崎の海岸に休らい、島の方を眺めやりていたり。

宵潮の頃なるに、忽ち潮渇きて平沙漫々たり。九郎即て乾潟を思ぎ往きけるに、宵月朦朧として、遠近定かならざるに蓋崎の方より猛火忽ち、潮の上を飛びて島の方へ往きて、又沖の方

より火団来たりて、龍女宮の辺にて入り違い双方に飛び去りぬ。九郎、此の火をしるべとして父母に対面し、年月の物語りに夜も闇に及びければ、父母に暇乞いして立ち帰る。されども潮も来らず。九郎も奇異の思いをなし本の陣所に帰着す。陣所の人に何の刻ぞと問うに戌刻と答う。九郎余り不測さに傍らの人に然々の由を語りければ、年老いたる人云いけるは、かようなる事誠に汝が孝心を天神地祇も感応ありてこそ、潮もはや乾き不知火も道しるべせしなるべけれ……」(「応永戦乱」)

この話は伝説というより、おそらく年に二度巡ってくる大潮の日であったからに違いない。この中に出てくる「蓋崎」は現在の二崎であり、また「龍女宮」は祖父母の家に隣接していた龍宮神社のことであろうと思われる。

ときあるき　〜あとがきにかえて〜

もう二十余年、美術講師を続けている。今では生徒の方がよほど賢い先生だ。特に彼らの恋愛沙汰は感銘深い。ブールデルの彫刻のように多様性があり、モネの絵画のように煌めき、バッハの受難曲のように哀しい。純朴は美しく恐ろしい。我が思春期も苦かった。ところでこの本を書き上げた後、初恋以前の記憶が蘇る出来事があった。封印されていた過去があまりに切なかったから、こうやって記すことにした。

作画に時計時間を忘れ、ふと現実に着地したら川沿いの遊歩道を歩く。独り身は気楽だ。時に縛られない。その金曜は夕刻だった。秋の黄昏は短く、すぐに暮れてしまう。

「お疲れ様」と後ろから若い女性の声がした。振り向くと誰もいない。幻聴も寒く澄んだ空気だと妙にはっきり聞こえる。苦笑いして向き直る。すると娘がひとり、薄闇の中に突っ立っていた。よく見るとこぼれ落ちそうな瞳を輝かせている。

「歩きましょう」とにこやかに言った。

こんな奇跡は後にも先にもないと想った。

断る理由はないのでいっしょに歩く。気づけば歩道の東端だ。少し戻って橋を渡り小学校を越して南に折れ、神社辺りで西に。民家をぬけ、商店街を通り、美夜古通りを経て、やがて出会った場所に戻った。それでもまだ愉快に会話して散々歩いた。途中、月明かりの雲間をあおいだ。西の山から東の海に光の帯が走った。街灯の明かりに映える彼女はポニーテールが似合って頬も豊かで麗しい。確かにどこかで……。やがて高架橋の下で歩が止まった。

「それじゃまたね」と瞳を輝かせ、もうひと言続けた。

「……」それがあまりに小さな声。

彼女が背を見せるとオレンジの香りがして分かった。こうささやいたのだ。

「うち好きやけ」（「やけ」は方言。「〜だから」といった意味）

瞬時に溢れる記憶。橋の欄干にもたれた。後姿が小さくなり曲がり角に消えた。あの奥にはかつて草香サキの家があった。


小学四年生の秋、同級生の草香サキから告白された。

木曜の夕刻、彼女が我が家にやって来た。初めての奇跡はここで起きたのだ。

「明日いっしょに帰ろうね」「約束よ」「正門で待ってる」「指きり」

と念を押された。

翌日、彼女は学校に来なかった。放課後、気になって家を訪ねた。セーラー服の女子がひとり、庭先で呆然としていた。それはサキの姉で私を見るなり涙になった。

「もしかしたらサキとデートの約束した子？　楽しみにしてた。いっしょに歩くって。手をつなぐって。嬉しそうに。それがいないのよ、どこにも。父さんも母さんも親戚も警察も、みんなで探しているの」

それっきりサキは消息を絶った。数十年過ぎた今も未だに行方不明のままだ。

彼女はいつも笑顔を絶やさなかった。クラスに無口な子がいると友人の輪に誘った。心無い先輩から「おせっかい」と言われても笑って聞き流していた。サキが賢いと知っていたから心の中で味方した。こちらは恋心も解らない。あまりに幼かった。今想えば、サキは木花咲耶姫《このはなのさくやひめ》の如くだった。

ある休み時間、サキが真横に座った。ほのかにオレンジの香りがした。

私の耳元まで顔を近づけてささやいた。

「本間君より君のこと……」

そこで眼と眼が合った。記憶のシャッターが押された。サキはこう続けた。

「うち好きやけ」

ふたつが重なった。散歩した娘は小四ではなかったがこぼれ落ちそうな瞳は同じだった。もちろん曲がり角の奥まで行ってみたが草香家のあった場所は公園になっていた。

「そんな馬鹿な」と思うかもしれない。でもこれは大筋、本当にあったことだ。魂の連帯はある。記憶の扉はいつどこでどんなふうに開かれるか想像もつかない。なにが起こるか解らない。悦びも哀しみも波のようにやって来て去ってゆく。

『そらあおぐ』も『三刻一夜物語』もこの『ときあるき』もそれらを紡いだ。

生命は個だけで成り立たない。半分はそうでも残りの半分は種を存続させるために繋がっている。自分だけが幸せになっても面白くない。失恋の痛みは繋がりを断たれた喪失感による。真の孤立は死を招く。人はひとりでいられない。

憎しむより愛する方が豊かになれる。人は人の本性を悪事に例える。だが本性の半分は他と和する行動だ。数十億年の記憶が眠る遺伝子と語り合えば一秒先に誰もが解る。和心は本来、人の内にある。だから「バチをかぶる」と信じ、おのれを律する人を誇らしく想うのだ。「もののあわれ」や「ひとを憂う」を尊いと想うのだ。

あれ以来、遊歩道の娘は姿を見せない。でもいつかきっと逢えると信じよう。そしてまた彼女の物語を紡ぐことにしよう。それは必ず女神、豊玉姫に連なる新たな奇跡を見せてくれる。

『そらあおぐ』は十冊目の本になる。この三十余年ずっと姫たちの葛藤を描いてきた。これからもそうしようと想う。本を開いて誰かひとりでも優しい気持ちになれますように。

鳥影社の編集部の方々、百瀬編集長、ありがとうございました。モデルにした方々、協力いただいた方々、本当にありがとうございました。迷惑をかけた方がいたら、ごめんなさい。本当に本当に感謝しています。

岡田清隆　Profile

アートディレクター、イラストレーター、講師
1955年6月5日生まれ。福岡県行橋市在住。「岡田工房」主宰。

九州産業大学デザイン科卒。
「芸術生活社」編集部在籍中、
1979年、第３回ＪＰＣ賞奨励賞受賞。
1990年、郵政省ダイレクトメール賞、入選及び金賞受賞。
1991年、金賞作品が世界公募メールグラフィックスに選出。
1992年～著書９冊。「少女伝説あき」(アートダイジェスト刊)「美葉と冬雪」(アートダイジェスト刊)「ペン画集・恋する女たち」(近代文藝社刊)「美夜古野物語」(鳥影社刊)「硝子のシュア」(新風舎刊)「キャラクター感得学」「豊の玉姫　みやこへ」「豊の玉姫御伽草子」「弟子と光量子」(以上鳥影社刊)
1997年～講師。（専門学校・大学、高校にて）

そらあおぐ

定価（本体1200円+税）

2019年3月10日初版第1刷印刷
2019年3月16日初版第1刷発行
著　者　岡田清隆
発行者　百瀬精一
発行所　鳥影社 (choeisha.com)
〒160-0023 東京都新宿区西新宿3-5-12トーカン新宿7F
電話 03-5948-6470, FAX 03-5948-6471
〒392-0012 長野県諏訪市四賀229-1(本社・編集室)
電話 0266-53-2903, FAX 0266-58-6771
印刷・製本　モリモト印刷、高地製本

ISBN978-4-86265-732-9 C0093